文春文庫

そして、すべては迷宮へ

中野京子

文藝春秋

そして、すべては迷宮へ　目次

タケへ

そして、
すべては
迷宮へ

第 一 章

絵を見る
絵を読む

⁂トレチャコフ美術館でのレーピンとの邂逅《かいこう》

若き日の初めての海外旅行は、鮮烈な記憶として残る。

パリの街角でキスをかわす恋人たち、ローマ駅のホームで殴りあう乗客……まるで映画のワンシーンのようだと目を瞠《みは》ったものだ。スペインの片田舎を鈍行列車で走ったときには、乗り合わせた陽気で素朴な人々が皆、全く文字を読めないことに衝撃を受けたし、イタリアの壮麗な建造物は夜になると生きもののように迫ってきて、心底怖かった。オペラには胸ぐらを摑まれ、絵画には涙があふれた。

若さは皮膚が薄く、むきみの卵のように感覚器官が無防備に表にさらされているので、良くも悪くも感動しやすいのだ。どんな小さなことも、キラキラした忘れがたい思い出になる。

そうして幾度も旅を重ね、若い女性が若くない女性となるにしたがい、今度は——良くも悪くも！——めったなことでは感動できなくなっている自分に気づく。どれもこれもデジャヴの一種に思える。だから逆に、いったん胸を揺さぶられたとなると、それは若いころ以上の激しさと驚きを伴うのかもしれない。

イリヤ・レーピン
『イワン雷帝とその息子』
1885年、油彩、200×254㎝
トレチャコフ美術館（ロシア）

ロシアを訪れたのは、2001年（あの9・11事件は帰国の翌日だった）。「チャイコフスキー」と名付けられた飛行機で、夕方モスクワへ到着。ホテルは「赤の広場」の近くだったので、その足で聖ワシーリー大聖堂を見に行った。ライトアップされた玉ねぎ坊主頭の教会は幻想的で、建築を命じたイワン雷帝が、二度とこのような美しいものを造らせないようにと設計者の眼を潰した、との伝説が生まれたのも無理からぬ、と思えるほどだった。

そのイワン雷帝を描いたレーピンの傑作は、トレチャコフ美術館所蔵である。なのに当時のわたしはなぜか勘違いし、ペテルブルクのエルミタージュ美術館蔵とばかり思い込んでいて、トレチャコフへは、ルブリョフ作品を目当てに出かけた。

館内はとても空いていた。ゆっくり見てまわっているうち夕暮れになり、窓からの陽が翳《かげ》ると部屋を進むごとに薄暗くなってゆく。シンとした中、いつしかわたしひとりきり、その部屋へ入った。そして息が止まった。

あると予想していなかったせいかもしれない。目の前の『イワン雷帝とその息子』は、リアルな現実だった。わたしはこの瞬間、400年前の歴史的事件の、紛れもない証人になっていた。

椅子の倒れる音を聞き、ツァーリの部屋の戸を開けたわたしは、床にうずくまる人影に蠟燭《ろうそく》をかかげ、雷帝の鬼気迫る眼を見た！　彼がかき抱く世継ぎの息子の、額から噴き出る鮮血を見た！　そばにころがる雷帝の長杖を見た！　見て、全てを悟った。怒りの発作を抑えられなくなっていた老帝は、誰彼かまわず杖で殴りつけるのが常だったが、今またささいなことに腹を立て、我が子に向かっていったのだ。打ちどころが悪く、大切な世継ぎの命は失われようとしている。とり返しのつかない己の愚行に、イワンの痩せた身体は小刻みに震えている。その震えまで、こちらへ伝わってきて……。

どのくらいそうして立っていたろう。いつしかわたしは他の見物客といっしょに、壁に掛かった絵を見ていた。でも間違いなく、さっきまでこれは絵ではなかった。

ああ、もう一度、あんな至福の経験をしてみたいなあ。

（「ＣＲＥＡ　Ｔｒａｖｅｌｌｅｒ」二〇一〇年秋号）

絵を買う人々

I. 教会・信心会

芸術家に対してはロマンティックなイメージが強く、作品を売って生計をたてる職業人だということを、つい忘れがちになる。しかしもちろん誰であれ、霞《かすみ》を食っては生きられない。画家は絵を買ってもらって初めてプロとなる。

西洋絵画はキリスト教とともに発展した。そのため教会や修道院が最大のパトロン、という時代が長く続いた。発注する絵や壁画は大作や連作が多く、しかも建物内に常設されるので別の購入者の手へ渡ることはほとんどない。常に多くの目に触れ、新たな注文に繋《つな》がるとあって、画家が張り切るのも当然だろう。

イタリアのように力のある画家がひしめく地では、競争相手を蹴散《けち》らすためダンピングして仕事を請け負う者もいた。大きな教会に自作を収めるとステイタスが上がるからだ。逆に、著名画家の傑作を手に入れれば、教会自体の利も大きい。


そもそも教会が絵を飾る理由は、文字の読めない信者たちに聖書の教えを伝えるためだった。やがて17世紀バロック時代ともなると富裕市民層が台頭してきて、何ごとも派手で演劇的な要素が好まれだす。連動して教会も、たいそうな仕掛けをほどこすようになる。

ローマのイル・ジェズ教会を例に取ろう。ドームの形がルネサンス時代の正円から楕円《だえん》に変わり、敢《あ》えて調和が乱される。その楕円の天井をガウッリに彩らせることにした。それが『イエスの御名の勝利』だ。

もはやどこまでが建築でどこからがフレスコ画か、境界すらわからない。ドームに穴でもあき、そこから聖なる光が降り注ぐかのよう。天使や聖人はどこまでも上昇してゆき、悪魔や罪人はこちらへ落下してくる。

目も眩《くら》むイリュージョンの世界。ハリウッド3D映画もかくや……などと言ったら当時の敬虔《けいけん》な人々に失礼だろうか。いや、彼らとて、これを見上げて法悦に身を震わ

G・B・ガウッリ
『イエスの御名の勝利』
17世紀後半、フレスコ画
イル・ジェズ教会（イタリア）

せたばかりではあるまい。壮麗なる幻視が祈りの場で味わえるというので信者も献金も増大し、みごと教会の思惑どおりとなる。

司祭とは違うが、俗人のキリスト教徒たちで運営する信心会という組織も古くからあり、宗教行事や慈善活動などをおこなっていた。会は潤沢な資金をもとに専用の建物を持ち、内部を飾る宗教画を発注した。

ミラノの信心会がダ・ヴィンチに『岩窟の聖母』を依頼したものの金銭面などで折り

合いがつかず、完成後、長い訴訟沙汰になったのはよく知られている。

一方、セビーリャの聖カリダー施療院付属聖堂がバルデス・レアルに発注した『世の栄光の終わり』の場合は、クライアントがいたく満足した例。当時の信心会代表者はミゲル・マニャーラで、この御仁《ごじん》、ドン・ファンのモデルとされ、放蕩《ほうとう》の限りを尽くしたあと心を入れ換えたのだそうだ。

彼が注文したのは、背筋が寒くなるほどリアルな教訓画だった。さんざん遊んで何を今さらと思ったかどうかは知らないが、要望に応えるのが画家のプロ魂というものだ。

前景左に腐敗しつつある司教、そして右に横たわる死体は、なんとマニャーラ本人。まだ生きているのに画中ではこうして死者となり、現世の虚《むな》しさをつくづく味わっているのだった。


（日本経済新聞夕刊二〇一四年五月一日）

フアン・デ・バルデス・レアル
『世の栄光の終わり』
1672年、油彩、220×216cm
聖カリダー施療院（スペイン）

Ⅱ. 君主たち

ヴァン・ダイク
『狩場のチャールズ一世』
1635年頃、油彩、266×207㎝
ルーヴル美術館（フランス）

絶対主義時代の君主の多くは、芸術品の利用の仕方をよく知っていた。大事な相手への贈呈品にする王、婚約者へ見合い写真代わりに肖像を送る王、自国の文化度を世に示すためコレクションに励む王など、さまざまだ。

18世紀半ば、ロシアのエカテリーナ女帝が225点もの絵画を一括購入してヨーロッパ中を驚かせた。これらはプロイセンのフリードリヒ大王が代理人に集めさせていたものだが、七年戦争で苦境に陥り支払い不能になったと聞きつけ、横取りしたのだ(大王にしてみれば踏んだり蹴ったり)。

女帝はこの後もオークションが出る度にまとめ買いして財力と威光を轟《とどろ》かせ、ロシアの文化的先進性を強くアピールした。現在のエルミタージュ美術館の礎がこれである。

遡《さかのぼ》ること1世紀前のイギリス。当時は画家砂漠のこの国で、チャールズ一世がほとんど初めての本格的な美術愛好王だった。王太子時代にスペインを訪れ、ハプスブルク家の華麗なる絵画群に圧倒されたのがきっかけだ。名品を買い集めたばかりでなく、フランドルの人気画家ヴァン・ダイクを三顧の礼で宮廷へ迎えた。

ヴァン・ダイクは数多くの王侯肖像画を残したが、とりわけ『狩場のチャールズ一世』は、自然の中でリラックスしながらも君主の威厳を醸《かも》しだす傑作として名高い。

さて、周知のごとくチャールズ一世は、1649年、クロムウェルの清教徒革命により斬首されてしまう。新政府は資金調達の必要性からか、それとも美術品の価値がよくわからなかったのか、王が長年かけて集めたコレクションをあっさり売りに出した。この時、ティツィアーノやラファエロなどの傑作をせしめたのが、スペインのフェリペ四世。さすが目が高い。

『狩場のチャールズ一世』は経緯は不明ながらフランスへ渡り、一時ルイ十五世の寵《ちょう》姫《き》デュ・バリーの所有となった。自分の肖像画が他国の王の愛妾《あいしょう》、それも娼婦あがりのデュ・バリーの館を飾るなど、チャールズは夢にも想像していなかったであろう。

そしてナポレオン。彼の場合、「絵を買う人」というよりむしろ、戦争しては「絵を奪う人」というべきかもしれない。ルーヴル美術館には、未《いま》だナポレオンの戦利品たる名画の数々が並んでいる。とはいえ、彼だとて絵は注文した、もっぱら自分の肖像画だが。

幸いにして、ダヴィッドという優れた画家が同時代人だった。つまりこういうことだ——いかに傑出した君主であろうと、天才画家がそのとき存在していなければ、大衆の心にビジュアルとして刻印されるのは難しい。

先述したエカテリーナ女帝にせよフリードリヒ大王にせよ、その強烈なオーラや個性を放つ肖像画を後世に遺《のこ》せてはいない。その意味でもナポレオンはラッキーだったのだ。

彼はダヴィッドに言ったという。「顔など似ていなくていい、偉大さを伝えよ」

それは「成り上がり」ゆえに支持基盤が弱く、大衆を味方につけねばならない皇帝が、プロパガンダとしての肖像画の重要性を熟知していたからこそだ。ダヴィッドがその期待に十分応え、英雄としてのイメージを決定

づけたことは、『アルプス越えのナポレオン』が証明している。ナポレオンといえば、多くの人がこのドラマティックな馬上の勇姿を思い浮かべるほどのインパクトだ。

本作はヴァージョンも含め、何と5点も制作されている（よくよく気に入ったのだろう）。それぞれマントや馬の色が違うだけで、あとはほとんど同じ。見分けはつけにくい。絵画は一点物だからこそ価値がある、と信じていた人には少しショックかもしれない。

（同五月八日）

ジャック＝ルイ・ダヴィッド
『アルプス越えのナポレオン』
1803年、油彩、267×223㎝
ヴェルサイユ宮殿（フランス）

Ⅲ. 17世紀オランダ市民

17世紀黄金期のオランダは、ヨーロッパ各国が絶対君主制を敷く中、きわめて特殊な商業貴族的共和制という、一種の資本主義国家を実現していた。またカトリックの守護神を任じるスペインから血みどろの戦いを経て独立した、偶像を認めないプロテスタント国家でもあった。

王侯貴族もカトリック教会も消えた——これは即《すなわ》ち、大口のパトロン消滅を意味する。絵を描く人までいなくなってしまうのではないか？ いや、いや、そうではないから面白い。何しろ「オランダ人は皆、生まれついての画家」と言われるほど絵が好きな国民なのだ。

当時のアムステルダムの人口20万、画家の数、最盛期に700人というから凄《すご》い。これだけ存在し得たのは、他国にはない新しいパトロンがいたためだ。ただしこのパトロン、さして金まわりはよろしくない。その代わり人数だけはやたらと多かった。とにかく誰も彼も花を買うように絵を買った。オランダを訪れた外国人が、「パン屋の店先にも農民の家にも絵が飾ってある」と仰天したほど。

画家は必然的に小型作品を薄利多売し、それぞれ専門化する。花だけ、船だけ、スケート・シーンだけを生涯描き続ける画家がおおぜい出た。現代日本の物書き稼業に少し似ている（ミステリ・恋愛もの・時代小説・エッセーｅｔｃ．と棲《す》み分け）。一部の人気画家は別として、多くは生活が楽とはいえなかった。ある程度名の知られた画家だったのに、裕福な未亡人と再婚した途端、絵筆を折った例もある。

そういうわけで、絵画の主題にも著《いちじる》しい特徴が出た。小難しいシンボルの読み解きは敬遠されたし、歴史や聖書や神話は好まれなかった。庶民が求めたのは、今の自分たちの生活をリアルに描いた作品、そしてその中にちょっぴり教訓色があればなおよし。

メッツーの『手紙を読む女』を見ると、350年前のオランダ中産階級の日常生活が伝わってくる。市松模様の床に寒さよけの段を据《す》え、その上に椅子を置いて座る女主人。彼女は手紙を読んでいる。実はこれまたオランダ以外の国には珍しいことで、他とは比較にならないほど女性の識字率が高かった事実を示す。

隣で家政婦が壁の絵を覗《のぞ》き見している。高価な絵なのだろう、わざわざカーテンを掛けて保護してある。画題は貿易国オランダの誇り、帆船だ（帆船の絵は富士山と同じくらい量産された）。悪天候に海は波立ち、船は揺れている。女主人の恋の行方も

ハブリエル・メツー
『手紙を読む女』
1664〜66年頃、油彩、53×40㎝
アイルランド・ナショナル・ギャラリー（アイルランド）

前途多難か。

個人では小さな絵しか買えないので、お金を出し合って大型作品を手に入れよう――そんな考えが出てくるのもオランダ的。「Let's go Dutch!（オランダ式でゆこう＝割り勘にしよう！）」という言い回しがあるのも伊達ではない。ここからオランダ独特の「集団肖像画」が誕生してくる。

問題は誰が所有するか、どこに飾るかだが、それも心配無用。各業種のギルド会員数人が割り勘で発注して組合会館に飾れば、いつでも誰でも鑑賞できる。

アムステルダム外科医組合の主要

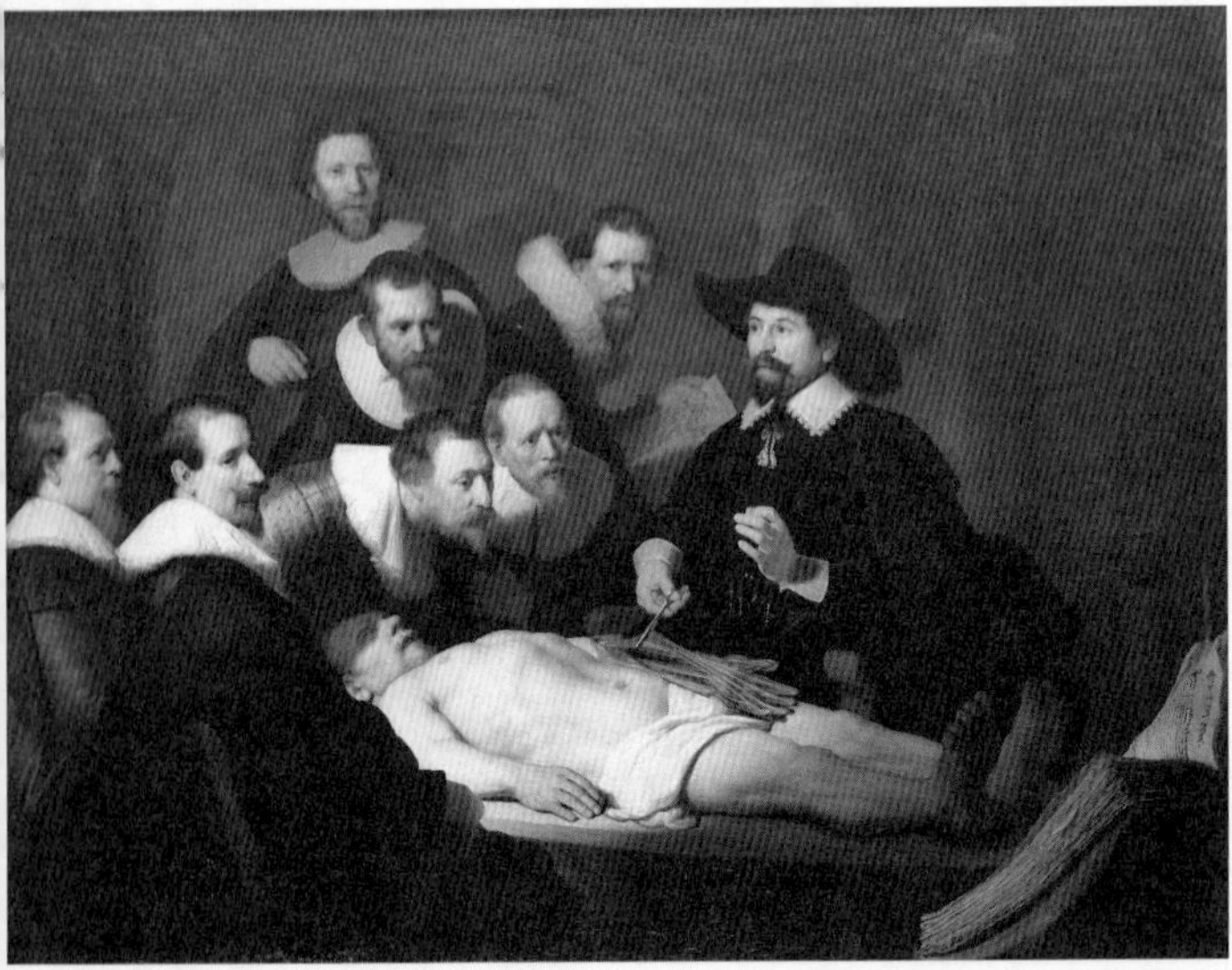

メンバー7人が、できるだけ割安となるよう、田舎から出てきてまもない若い画家に注文したのが、『テュルプ博士の解剖学講義』だ。特別出演のテュルプ博士（ひとりだけ帽子を被っている）からは、もちろんお金など取らない。高名な大学教授と同一画面におさまれただけで、光栄というもの。

でもいったい彼らの誰に予感できたろう？　自分たちの姿を生き生きと描き分けた、レンブラントなる新進画家が、後世「魂の画家」と呼ばれ、美術史の大きな一角を占めるようになるとは……。

これこそ良いお買い物。

（同五月十五日）

レンブラント・ファン・レイン

『テュルプ博士の解剖学講義』

1632年、油彩、170×217㎝

マウリッツハイス美術館（オランダ）

Ⅳ. 宮廷周辺の貴族・教養人

「王の画家にして画家の王」と讃《たた》えられたルーベンス。その見事な絵筆が写し出す『メドゥーサの首』の凄惨な美と迫力は比類なく、思わずたじろぐほど。

こんな怖ろしい絵を自宅に飾るなんて、少し頭がおかしいのかも……そう思うのは、狭い家に住む現代日本人の庶民感覚にすぎない。部屋数が何十、何百とあり、おまけに別荘やら城やらを持つ貴族や大商人・大銀行家は、そもそも所有絵画からして無数であった。

さらに言えば、メドゥーサ像は現代のホラー映画扱いとも少し違う。この神話上の化物は、髪の毛の一本一本が蠢《うごめ》く蛇で、見た者を石に変える邪眼の主。ペルセウスに首を刎《は》ねられ、戦の女神アテナ（＝ミネルヴァ）に捧《ささ》げられた。

ここからメドゥーサ像は護符として兵士

ペーテル・パウル・ルーベンス
『メドゥーサの首』
1617〜18年頃、油彩、69×118㎝
ウィーン美術史美術館（オーストリア）

の楯《たて》に付けられるようになる。死してなお石化させる力を有していたと信じられたからだ。となるとメドゥーサを描いた絵画もまた、武具室の壁を飾るにふさわしいと思われて当然であろう。

ただし本作の場合、事情は異なる。なにしろヨーロッパ中の王侯から注文殺到のルーベンス作だ。購入者は自慢したくてたまらず、一番目立つ場所に飾っていたのではないか。それとも「ルーベンスがあるんですよ」と、もったいぶって奥の部屋まで案内し、相手がこの絵に衝撃を受けるのを、ほくそ笑みながら眺めたろうか。

どこにどんな絵を掛けるか、それは──日本におけるお茶室の季節ごとの作法にも似て──深い知識と教養を要し

ジャン・オノレ・フラゴナール
『ぶらんこ』
1767年、油彩、81×64㎝
ウォレス・コレクション（イギリス）

た。君主を頂点とする厳然たる身分社会でインテリたるには、僧や王侯貴族、また大金持ちでなければ難しい。要するに暇も金もたっぷりある、ほんの一握りの特権階級だ。

彼らは仲間と絵の周りに集い、神話や聖書のどのシーンが描かれているか、どの国のいつの歴史が舞台か、シンボルや登場人物のアトリビュート（その人を特定する持物）は的確か、など語り合って楽しんだ。

こうした蘊蓄《うんちく》合戦は時に鼻持ちならない衒学《げんがく》趣味にも陥ったが、それでもそこには芸術への愛が存在した。ところが作品が発注者の手を離れ、転売がくり返されるうち、ひどい買い手に当たることもある。手持ちの額には収まりきらないからと、平気で画布の両端や下部を切り取ってしまう輩《やから》だ。

ブリューゲル作『ベツレヘムの嬰児《えいじ》虐殺』の悲惨な顚末《てんまつ》も有名だ（拙著『怖い絵泣く女篇《へん》』参照）。誰もが知る聖書中のエピソードだというのに、おそらく描写が残酷すぎると思った買い手が、子どもたちの死体をことごとく壺《つぼ》や荷物に描き変えさせ、全く意味不明の画面にしてしまった。もはや修復不能なまでに。

そんなことならノーテンキな貴族の、快楽主義的な注文のほうがずっといい。誰の手に渡ろうとも、変更する気は起こるまい。『ぶらんこ』を見てみよう。

発注者はフランス・ロココ時代の、某男爵。エロティックな作風で知られるフラゴナールに出した要求は笑える。ぶらんこに愛人が乗り、スカートが翻《ひるがえ》る様子を自分が下で覗き見している。揺らしているのは司祭。そんな絵をひとつ、頼むよ。

フラゴナールも俄然《がぜん》やる気を出し、司祭よりむしろ女性の夫が揺らしているほうが面白いのでは、などと別案を提唱。こうして本作は完成した。

かくも俗っぽい主題にもかかわらず、フラゴナールは名人芸を発揮する。神秘的な森の中、時間の感覚も定かならぬ仄明《ほのあか》るさが支配し、ドレスの美しいピンク色でさえ、この世ならぬ雰囲気に貢献している。音もなく忍び寄るフランス革命、その直前の至福のひとときとでもいうように。

男爵がそこまで予感していたかどうかは別として、好色な己の姿を画面に留めさせるとは、なかなか洒落《しゃれ》のわかった買い手ではある。

（同五月二十二日）

V. 画商

クロード・モネ
『日傘の女』
1875年、油彩、100×81㎝
ワシントン・ナショナル・ギャラリー（アメリカ）

新しい芸術は新しいパトロンのもとで生まれるという。だがもちろん、新しい芸術が逆に新しいパトロンを産むこともある。19世紀後半、フランスで起こった印象派の絵画革命がその好例だ。

当時、画家が絵だけで自活するには、アカデミー会員（美術学校の教授や批評家など）に認められ、毎年の国家行事たるサロン（官展）で作品を展示してもらう必要があった。サロンの常連となれば、美術館やブルジョワジーが高値で購入してくれる。

誰もがサロンを目指した。けれど応募しても応募しても落選ばかりの貧乏画家たちは、ついに結論を出す。アカデミーの好む絵と自分たちが追求する絵は違う。違う土俵で勝負はできない。自主発表会（後に「印象派展」と呼ばれた）を毎年開き、購買者を開拓しよう。

しかし道は険しかった。批評家にはデッサン力の無さ、教養の欠如、粗い筆致を笑われたし、富裕層もこれまでどおりの貴族趣味的作品に固執した。印象派の絵は「美」と「技」に欠けると見做《みな》された。

それでもモネ、ルノワール、ドガといった若い画家たちは諦めない。今となっては想像しにくいが、彼らは皆——その画面の明るさや、人生の肯定感とはうらはらに——果敢な戦士だった。新時代にはそれにふさわしい斬新な美がある。絶対君主は追放され、「神は死んだ」時代、カメラが発明された時代に、相も変わらぬ仰々しい歴史画やインテリしか理解できない神話画、生き写しの肖像などを描き続けても仕方がない。印象派は徒党を組み、人々に変化を受け入れさせるべく理論武装した。

少しずつ賛同者が現われてくる。その中に伝説の画商、デュラン゠リュエルがいた。彼の存在がなければ、印象派の今の世界的人気はなかっただろう。

デュラン゠リュエルはその独特の勘を働かせ、売れない絵を買い続け、印象派の未来に賭けた。営業は困難を極めた。ヨーロッパではいつになっても購買層が広がらず、何度か倒産の危機にまで陥る。やむなく買い集めた作品を大量に抱えて海を渡ると、嬉《うれ》しい誤算で、新興の成金国アメリカが熱狂した。アメリカという、この無尽蔵の金持ちがパトロンになったことで、印象派はようやく本国でも認知される。

モネの『日傘の女』がアメリカの美術館にあるのも、そういうわけだ。画面から薫風が漂ってくるようなこの傑作は、フランスでは相手にもされなかったのに、伝統に縛られない若々しいアメリカの自由な鑑賞眼が、その真価を見出したのだ。

新大陸のおかげで豊かな晩年に恵まれたモネだが、文化的優越感の強いフランス人ぶりを発揮し、自作が流出するのを憂うるという、いささか恩知らずぶりを示している。アメリカは永遠にフランスへ片思いらしい。

さて、デュラン＝リュエルの大成功によって、画商自身がクローズアップされる時代がくる。これぞと思う新進画家が人気を博せば、最初の買い手たる画商の儲《もう》けは天文学的になる。それにも増す喜びは、無名の天才を発掘したとの勲章だ。「ピカソの画商」「キュビズム（立体派）のマネージャー」と呼ばれた、カーンワイラーのように。

ピカソは「カーンワイラーの実業の才がなければ、どうなっていたか」と感謝し、恩人の肖像をキュビズム画法で描いている。

裕福な一族出身のカーンワイラーは、それまで誰も認めなかったピカソの『アビニョンの娘たち』を一目見るなりノックアウトされ、以後、60年以上も彼と歩みを共にした。好きで買った絵をなぜ売るのですかと問われた時、こう答えている。「私は画商です。コレクターではありません」。――買い手もいろいろ。

（同五月二十九日）

その闇を知ったとき、名画は違う顔を見せる——「怖い絵展」

怖い絵と言っても、決して生理的嫌悪感を催させるのが目的の、残酷でグロテスクな流血作品を指すわけではない。

美しい神話世界の中に、穏やかな風景の中に、リアルな現実描写の中に、歴史のひとこまの中に、「恐怖」という見えない川が黒く流れている。それは人の心の闇や、抗《あらが》えぬ運命や、現代からは想像もつかない時代背景などが源になっているのだが、知識がなければつい見過ごしてしまう。だからまずは知らねばならない。何が描かれているのか、何を訴えているのか、注文主は何を求めたのか、描き手は何を密かにもぐりこませたのか……。

そこで本展は、これまでの美術展とは異なる新たな鑑賞法を提案した。自分の感性だけで絵を見るのではなく、考えながら想像しながら見る。それから絵の横に掲載された長めの解説文を読み、あるいは音声ガイドに耳を傾け、もう一度絵にもどる。その時、もしかすると絵は全く違って見えてくるかもしれない。動き出し、近寄ってくるかもしれない。さらなる気づきと喜びが得られるかもしれない。

さまざまな作品を用意した。『ソドムの天使』（モロー）は、日本人が漠然と抱く優しい天使のイメージを裏切るし、『ジン横丁』（ホガース）には、安酒ジンに酔いしれて人も町も崩壊する様が、まるで吹き出しのない漫画のごとく描かれる。激烈な『殺人』は、若きセザンヌの意外な一面を伝え、不気味な『切り裂きジャックの寝室』は、これを描いたシッカート自身がジャックの有力容疑者なのだ。また海の魔女セイレーン（サイレンの語源）が、画家によってどれほどにも違った恐怖の表現になるか、ドレイパーとモッサで比べる楽しみを得られよう。

想像によって恐怖は生まれ、恐怖によって想像は羽ばたく。

日本初公開となる大作『レディ・ジェーン・グレイの処刑』は、タイトルからも斬首シーンとすぐわかるが、ジェーンとは何者か、なぜ首を刎《は》ねられるのか、膝をつく彼女の前に置かれた鉄輪付き木の台は何のためか、どうして藁《わら》が敷かれているのか――たとえ学校で西洋史を習っていても、いくつもの疑問が湧いてくるだろう。

ロンドン塔でジェーンが処刑された1554年は、木下藤吉郎こと秀吉が信長に仕官した年だ。イングランドも日本も、覇権をめぐる熾烈《しれつ》な戦いに明け暮れる荒々しい時代だった。ジェーンは故ヘンリー八世の妹の孫で、王位継承順位はかなり低い。しかし政治の実権を握ろうとする実父や舅《しゅうと》の陰謀で、何も知らされぬまま玉座に据えられ、反逆罪でたちまち捕らえられた。今に残るジェーンの異名は「9日間の女王」。命を断たれたこの時、わずか16歳である。

こうした史実をもとに、19世紀フランスの画家ドラローシュが巧みな筆さばきで傑作に仕上げた。舞台劇を彷彿《ほうふつ》とさせる構図には有無を言わさぬ美と恐怖が漲《みなぎ》り、ヒロインの圧倒的存在感が見る者に迫る。元女王として誇り高く死ぬ覚悟を見せつつ、だがまだ幼さの残るふっくらした腕のぎこちない動き、薬指に光る真新しい結婚指輪が痛々しい。

このすぐ後には司祭の助けをかりて身をかがめ、処刑人の斧の一撃を受けるのだ。夥《おびただ》しい血を吸いとるためのものだった。まだギロチンは発明されていない。ロンドン留学中に本作と出会った夏目漱石は、帰国後に発表した『倫敦塔《ろんどんとう》』の中で、斧が振り下ろされて自分のズボンに血が飛び散る幻影を見たと書いている。間違いなくそれはドラローシュの画力の賜物《たまもの》だ。

どうか一枚の絵が語るストーリーに耳を傾けていただけますよう。

（二〇一七年十月「怖い絵展」告知記事）

天才　早すぎる死

ラファエロ・サンティ
『口のきけない女（無口な女）』
1505〜07年、油彩、65×48㎝
マルケ国立美術館（イタリア）

ラファエロは37歳の誕生日に病死した。

早すぎる死、恵まれた容姿、数々の恋のエピソードとあいまって、「ロマンティックで永遠に未完の青年芸術家」と捉えられがちだが、それは違う。彼はすでに当時最大規模の工房経営者だったし、世俗的成功を望んでそれを手に入れた野心家でもあった。

独創より統合を求めたルネサンス絵画は、理想美を通して神の領域を目指した。ラファエロはそれを体現し、彼の死が即ちルネサンスの終焉《しゅうえん》とされる。そして様式美と優雅、明晰《めいせき》と円満のラファエロ作品は、19世紀前半までの長きにわたり、ヨーロッパ各国のアカデミーで古典的規範とされ続けた。

その理由の一端がわかるのが、『聖ゲオルギウスと竜』だ。小型作品ながら、ここには知的要素が完璧な構成とみごとな色彩に溶け込んでいる。異教の象徴たる醜悪な竜を、黒い甲冑《かっちゅう》に身を包んだ白馬の聖者が成敗しようとしている。その落ち着き払った静かな表情が、画面全体の躍動感と絶妙なコントラストを醸す。後景には、危うく生贄《いけにえ》にされかけた姫君の逃げる姿。腰紐《こしひも》の白が目立つが、これは後に竜を縛る綱となる。絵を読む楽しさがあふれる。

ラファエロはまた肖像画の名手でもあった。『無口な女』を見てみよう。上着に縁取りしたレンガ色のベルベット、袖の切れ込みから引き出された刺繡《ししゅう》付きリネンのふっくら柔らかそうな質感、ペンダントの紐の捩《よじ》れとその影の表現、いくつもの指輪を嵌《は》めた手も雄弁だ。これを22、23歳ころに描きあげたのだから早熟の天才は凄い。本作はかつて『口のきけない女』と題されていた。画家がつけたタイトルではなく、後世の人々が、一見地味なこのモデルの内省的な面差し、ひっそりした不思議な魅力に、さまざまな想像をかきたてられた証《あかし》であろう。

謎めいた二重肖像画もある。『友人のいる自画像』の背後に立つラファエロの表情は読みとりにくく、その暗い視線はどこまでもこちらを追ってくる。友人が誰で、何を指さしているのか、なぜ腰の剣に手を置いているのかもわからない。ある研究者は本作を、ラファエロが自己の芸術を弟子に託した、いわば「芸術理論の絵画化」と解釈している。もしそうなら、ラファエロは残りの人生の短さを予感していたというのだろうか……。

（読売新聞二〇一三年四月五日「ラファエロ展」寄稿）

再評価されるメーリアン

マリア・シビラ・メーリアン
『オスのスリナムのヒキガエル』
1705年、エッチングとエングレーヴィングに手彩色、37×27cm
ミネアポリス美術館（アメリカ）

PItx

ドイツ紙幣（ユーロ導入以前）はご存知のように、男女半数ずつの肖像画を使用している。選ばれた4人の女性のうち、シューマン、ヒュルスホフ、アルニムを知らない独文関係者はいないだろうけれど、500マルクの顔マリア・シビラ・メーリアン（1647―1717）はどうだろう？

ドイツ・バロック期に活躍した彼女は、いわばサイエンスアート作家の走りだった。まだ昆虫学という学問自体が成立しておらず、イモムシと蝶は別の生きもので、カエルは腐敗物から自然発生する虫と信じられていた、そんな時代、薬草や昆虫にくわしいというだけで魔女狩りされかねなかった、そんな時代、メーリアンは独学でメタモルフォーゼという概念を明らかにし、それを絵で表現してみせた。

今ではごくあたりまえの描写方法、つまり、卵、幼虫、蛹《さなぎ》、成虫という虫の一生を、その餌となる植物とともに一枚の絵の中で描くというやり方、これを確立したのが彼女だった。さらにはいくつかの蝶や蛾を分類さえしている。リンネが『自然の体系』を発表する半世紀も前にだ。

激動の時代には、性差を超えたスケールの大きな人間が生まれる。メーリアンの一生もまた、実にバロック的なダイナミズムに色どられている。父親は2000枚の都市図で有名な銅版画家マテウス・メーリアン（彼のイラスト入り聖書は〈メーリアン聖書〉と呼ばれて人気があり、ゲーテも自伝で触れている）。腹違いの兄マテウスJr.も当時よく知られた画家で、一時イギリスでヴァン・ダイクの弟子をしていた。末子としてフランクフルトに生まれたメーリアンは、3歳で父を亡くすが、2度目の父も画家だったので環境には恵まれ、もって生まれた才能をじゅうぶん伸ばすことができた。

結婚は18歳のとき。相手も画家で、夫婦はニュルンベルクに新居を構える。ここでふたりの娘を産み育てながら、メーリアンは精力的に仕事をこなした。自宅で絵画教室を開く、布地画家としての注文を次々にさばく、刺繍用下絵集『花の本』（好評で、第3集まで続く）を出版する、画材を仕入れ販売するかたわら、昆虫標本も制作する。

こうした標本は、オランダなどの豊かな国や珍品集めの貴族たちに高値で売れた。だが彼女が本領を発揮するのはこれからだ。他の画家のように、単なる美しい花や、その花のお飾りとして存在しているだけの蝶を、いつまでも描いているつもりはなかった。幼いころからの虫愛《め》でる女性メーリアンのほんとうの関心は、どんなイモムシがどんな葉をどのくらい喰《く》い、どんな蝶に変態し、その蝶はいつどんな花に集まるのか、そしてなぜ、というものだった。

その研究の成果が、銅版画集『イモムシの驚異的変態とその風変わりな食草』でありこれによって彼女の名声は一挙に高まった。

そんな中、だが20年におよぶ結婚生活のほころびは、もはや繕《つくろ》えないほどになっていた。酒びたりの夫は仕事をやめて長く、離婚にも応じてくれない。ついにメーリアンは思いきった行動に出る。娘たちと老母をつれ、遠くオランダ西フリースラントにある新興宗教集団ラバディストのコミュニティへ、着の身着のまま駆けこんだのだ。夫はストーカーのように追いかけてきたが、財産もキャリアもすべて捨てた彼女の決意はかたく、顔をあわせることすら拒みとおす。

こうして5年、彼女は繭《まゆ》の中の蛹となって、この地で祈りの日々をすごした。その間に老母は亡くなり、子どもたちは成長し、離婚は成立した。コミュニティも資金難で解散が決まった。

いよいよ繭から出るときだ。メタモルフォーゼして拡げた羽は大きく、逞《たくま》しかった。自由と、再びの創作意欲というその両翼で、メーリアンは大都市アムステルダムへ旅立つ。幸い新生活はスタートから順調だった。市長兼東インド会社代表ウィツェンや、植物園園長コンメリン、顕微鏡学者レーウェンフックなどが、以前から彼女の絵を評価してくれていたおかげである。メーリアンはさっそく以前どおり、工房を開いて生き生き働き始めた。

数年後、彼女はさらなる飛翔を願う。昔からあこがれていた南国の大型昆虫をじかに眼で見るために、オランダの植民地スリナム（中米にある現スリナム共和国）へ行きたいと思ったのだ。帆船で3カ月近い危険な長旅、しかも多額の費用がかかるので東インド会社の貸与金を得なければならない。女性には無理という周囲の反対にもめげず、彼女は何度も綿密な計画書を練り直して市に提出し、ひたすら待った。許可が下りたのは、52歳のときだ。

当時の52歳といえばすでに老年だが、メーリアンに恐れはない。スリナムでの彼女の活動ぶりは、とにかく凄いの一言に尽きる。朝摘んだ花が夕方にはもう萎《しお》れるという熱暑のもと、ヘルメットと虫よけヴェールで武装して、虫網に虫カゴ、キャンバスに絵の具箱、標本板や切りそろえた羊皮紙を持って出かけ、スケッチした。積極的にインディオの言葉を覚え、彼らを先頭に立ててジャングルの奥まで探検に行ったことも数知れない。熱帯産昆虫の研究書などまだ皆無だったから、彼女の仕事はどれも手さぐりだ。もっといろんな虫を見たい、もっと標本を作りたい、そんな矢先、過労とマラリアで倒れてしまう。

「みんなは私がまだ生きているのに驚きました」——後にメーリアンはそう書いている。2年の滞在を終え帰国した彼女が持ち帰ったのは、さまざまな昆虫の他、巻き貝、蛇、カメ、ワニ、イグアナ、カエルなどの標本、植物の球根や種などだった。アムステルダムでは標本類はすぐさま市庁舎に展示され、自宅にはコレクターが列をなして訪れた。

そんな騒ぎが一段落してから、いよいよライフワークの制作にとりかかる。3人の名彫刻師を雇い、最高級紙に最高級絵の具を使って丸3年をかけた豪華本『スリナム産昆虫変態図譜』だ。大胆な構図といい、色づかいといい、猛々しい生命力に圧倒される銅版画集。拡大鏡で観察した虫たちの一瞬の動きをとらえたカメラのごとき目、微妙なグラデーションをつけた職人的彩色技術、そこへ彼女独特のエロティックな明るさと生きる喜びが加わる。科学者としての冷静な眼差《まなざ》しと、自然をこのように造形した神への讃嘆《さんたん》が、なんの矛盾もなく同居している、その不思議。葉などの波うつ曲線こそバロックの影響だが、強烈な彼女の個性がそれを凌駕《りょうが》する。

この画集がヨーロッパ中にセンセーションをおこしたのも当然だったろう。メーリアンは名声をじゅうぶん享受し、次作準備中の69歳で波乱万丈の生涯を終える。

18世紀末まで、彼女の作品を所有することがステイタスシンボルとされた。ところがその後、分類や解剖こそ正しい科学的態度とみなされはじめ、同時に美術と科学が完全に分離したことで、名声にかげりがさしだした。パイオニアとしての業績は故意に無視され、解説文中の巧みな比喩《ひゆ》――「おむつをした赤ちゃんのよう」「シャツをくるんと脱ぐみたいに脱皮」——が、およそ科学的でないと冷笑された。

そこには明らかに、〈女は科学と無縁である〉と主張したがる意図が働いていたのだが、こうして研究者としての価値がおとしめられるとともに、画家としての彼女も忘れられていった。

そしてまた新しい時代の波がきた。20世紀後半からメーリアンの絵は、芸術と科学の幸福な合体と再評価されはじめている。自然を丸ごととらえるその捉え方も、現代の環境問題に対する意識とリンクしていよう。彼女の作品が日本でももっと多くの人の目に触れることを願ってやまない。

ところで、あまり知られていないのが、メーリアンとロシアの関係である。彼女が『スリナム産昆虫変態図譜』を発表してまもなく、かのピョートル大帝がヨーロッパ文化吸収のためオランダを訪問（オペラ『皇帝と船大工』で有名）し、彼女からじかに絵を買いつけている。またメーリアンの死後、その娘の結婚相手がピョートル大帝の宮廷画家になったため、２００点以上もの作品がロシアへわたった。当時はレンブラントとならんで飾られていたらしいが、油絵とは違うので、現在は科学アカデミーに保存され、特別許可がなければ見られない。興味のある方は足をのばしてください。

（「Brunnen」二〇〇一年五月号）

ミレーの少女たち

ジャン＝フランソワ・ミレー
『ついばみ』
1860年頃、油彩、74×60㎝
リール美術館（フランス）

今でこそミレーの魅力は自明だし、『落穂拾い』や『種をまく人』は名画の代名詞にもなっているほどだが、発表された当初は激しい反発も少なくなかった。何しろそれまでは明るい農民画が人気で、そこには現実離れした牧歌的風景が広がっていた。都会人のイメージするそんなユートピアとは全く異なるミレー作品に不快を覚えたのだろう。ボードレールはミレーの描く農民について、「彼らはいつもこう主張しているように見える、この世の富を奪われた哀れな我ら、だがその我らこそがこの世を豊穣《ほうじょう》ならしめているのだ、と」。同時期に『共産党宣言』の出版もあり、社会が不穏な中での政治的反応といえる。

やがてそうした時代性は薄れ、残ったのは作品自体の持つ真実性と新たな美であった。ミレーの人物像は顔に個性があるわけでなく、むしろその肉体の丸みある単純な形態によって類型化が目指されているにもかかわらず、それぞれが確かな実在感を持って見る者に迫ってくる。凡百の追随を許さぬ所以《ゆえん》だ。

今回のミレー展は「愛《いと》しきものたちへのまなざし」と副題にあるとおり、彼の慈愛の眼差しにフォーカスした作品が揃《そろ》えられている。中でも幼い少女たちの生き生きした姿がすばらしい。いくつか見てゆこう。

『編み物の手ほどき』は、母親から教えられて一生懸命靴下を編む少女。母が糸目を数える囁《ささや》き声と、それを復唱する娘の声が聞こえてきそうだ。この母はかつて少女であり、少女はいつか母となって、自分の娘を同じように優しく包みこみ、生活の術《すべ》を教えるであろう。古い毛糸が新しい靴下に生まれ変わるように、営みは連綿と続いてゆく。

『ついばみ』は、ミレー自身の意図どおり、誰もが巣のひな鳥を連想するに違いない。右端の少女がとりわけ愛らしい。隣の妹（弟？）がちゃんとこぼさず食べられるか心配で、その口元に集中しながら、自分まで少し口を開けている。小首をかしげ、手を握ってやるお姉ちゃんぶりの微笑《ほほえ》ましいこと。

『慈愛』はかつて『物乞い』というタイトルがついていた。薄暗い室内で母がパンの一塊を娘に持たせている。ドアは開け放たれ、恩寵《おんちょう》のごとき光が床に差す。物乞いの老人にパンを与えるという役割が、この子にそうとうな緊張を強いているのが伝わってくる。小品ながら忘れがたい印象を残すのは、主人公たる少女の佇《たたず》まいが見事だからだ。ミレーならずとも、どうしてこの子を愛さずにいられよう！

（山梨日日新聞二〇一四年八月十三日「ミレー展」寄稿）

謎解きせずにいられない

ジュゼッペ・アルチンボルド
連作『四大元素』から『水』
1566年、油彩、67×51cm
ウィーン美術史美術館（オーストリア）

アルチンボルドの名を知らなくとも、動植物や道具類を組み合わせて作った不思議な顔を、どこかで見た人は多いだろう。歌川国芳《うたがわくによし》の「寄せ絵」を思い浮かべるかもしれない。だが国芳が19世紀人なのに対し、アルチンボルドはそれより300年も前にこの奇想を見事に作品化し、しかも遊戯性《ゆうぎ》や諧謔《かいぎゃく》に終わらせることはなかった。

アルチンボルドの生地ミラノは、彼が物心つくころにはハプスブルク家の統治下に入っていた。1562年、30代半ばのアルチンボルドは、ハプスブルク家の宮廷画家となり、フェルディナント一世、マクシミリアン二世、ルドルフ二世の3代の神聖ローマ皇帝に仕え、最終的には貴族にまで列せられる。

世は大航海時代。博物学や錬金術への関心の高まりとともに、王侯貴族は世界中の珍奇な物をこぞって収集し陳列する「驚異の部屋」づくりに励んでいた。アルチンボルドのだまし絵風肖像画への熱狂もうなずける。代表作の一つ、『水』を取り上げよう。遠目には、仮面や武具を付けた人物の横顔に見える。近づくと、全てが正確無比に描かれた水生生物から成っているのがわかる。深海魚、エイ、貝、エビ、タコ、カニ、ウミガメ……その数なんと60種以上にのぼる。宮殿のあるウィーンやプラハが海からずっと離れた内陸に位置することを思えば、この作品は現代人が恐竜図鑑を見るような、わくわく感に満ちたものだったのではなかろうか。

その上、近世までの絵画がほとんどそうであるように、アルチンボルドも画面に寓《ぐう》意《い》やシンボルをちりばめた。ライオンは勇猛さ、ゾウは思慮深さ、ブドウは豊穣、といったように。宮廷人たちは彼の作品を前に謎解きを楽しんだはずだ（当時でさえ難しかったのだから、今となってはわからないことも多い）。

ただこれだけは間違えないでほしいが、アルチンボルドはふざけて描いたわけではない。高い教養人へ向けて意味ある絵を描き、そのように受け入れられてきた。とりわけ連作『四季』と『四大元素』の制作意図は、春夏秋冬や宇宙の構成要素（大気、火、大地、水）を多彩に組み合わせて、世界の支配者たる神聖ローマ皇帝を讃えることだった。

アルチンボルドはこの二つの連作を複数、描いている。本展は、これら複数のヴァージョンの中から『四季』『四大元素』の全8点を集め、一挙に展覧するまたとないチャンスだ。同時に、アルチンボルドの仕事の幅広さ（美術品の買い付けや祝祭行事の企画演出、衣装のデザインなど）、そして唯一無二の個性に驚嘆する場でもある。

（朝日新聞夕刊二〇一七年六月十五日「アルチンボルド展」寄稿）

❖ 宗教画を読み解く

1「受胎告知」の多様な表現

日本人には宗教画は苦手分野かもしれない。でもポイントをいくつか押さえておけば、鑑賞はかなり楽になる。

まず受胎告知。室内で聖書を読む乙女マリアのもとへ、天使ガブリエルが現れて、「アヴェ、マリア(＝おめでとう、マリア)、神の子を妊娠しましたよ」と寿《ことほ》ぐシーンだ。

画面には、大きな猛禽類《もうきんるい》の翼をもつ天使、美しいマリア、処女性の証《あかし》たる白百合、聖霊の鳩《はと》などが描きこまれる。マリアの衣の色は、犠牲の血を示す赤と、天を象徴する青が一般的。ドラマティックな奇蹟《きせき》の場なので、各時代の天才画家たちが、腕によりをかけた傑作が多い。

フラ・アンジェリコやダ・ヴィンチのマリアは神に従順な気品ある女性で、身に覚えのない妊娠という事実を告げられても、深い信仰心から静かに運命を受け入れる。

一方、ボッティチェリのマリアは立ち上がって体をくの字に曲げ、天使を拒否するかのごとく両手を伸ばす。何ものも見まいと目さえつむりかける。

ティントレットの絵となると激烈この上ない。通常は中性的に描かれる天使ガブリエルは筋肉質の逞しい若者風で、部屋へ猛スピードで乱入、マリアは仰天して椅子ごと後ろへひっくり返りそうになる。

時代は下って19世紀後半、「神は死んだ」と言われる世相のなか、ロセッティ描くマリアは悲愴《ひそう》だ。病院を思わせるベッドの上で彼女は、白百合を差し出す天使に身をすくめ、怯《おび》えた視線を向けるのだ。

同じ主題でありながら、作家の解釈や表現法は何と多様なことだろう！

2 「洗礼」の必須4点セット

辺境の地ガリラヤで大工をしていたイエスは、30歳ころ、ふいに思い立って家を出る。死海近くのヨルダン川で、洗礼者ヨハネから再生と浄化の儀式、洗礼を施してもらうためだ。

ヨハネが椀《わん》で川の水をすくい、イエスにかけた瞬間、天が二つに裂け、聖霊の鳩が舞い降りるとともに神の声が響いた、「これこそ我が愛し子」。

ここに神と神の子と聖霊の「三位一体」が顕現し、イエスの布教活動が始まった。キリスト教の出発点ともいえる。

絵画表現においては、まず必ず川が流れている。そこに足を浸すイエス、水をかけるヨハネ、上空の鳩が、必須4点セット。時に、画面一番上に神ないし神の手が描かれる。岸辺に天使がいたり、洗礼に来た他の人々の姿が見える例もある。

イエスはたいてい長髪にひげ、腰布ひとつで神々しさを醸《かも》さねばならない（画家が力不足だと悲惨なことに……）。

一方ヨハネはかなり個性的だ。荒野で長らく修行し、野蜜とイナゴしか食べない「野人」で、「悔い改めよ」と激烈な説教をして、おおぜいの信奉者を集めていた。葦《あし》で作った長い十字架型の杖を持ち、ラクダの毛衣に革ベルトがトレードマーク。別のシーンに登場しても見分けやすい。聖母子像で幼子イエスとともに幼いヨハネもよく描かれるが、何と、赤ちゃん時代からすでに同じこのファッションなのだ。

ヨハネは生首としても登場回数が多い。イエスに洗礼を施してまもなく、領主ヘロデに逮捕され、その義理の娘サロメの妖艶《ようえん》なダンスへの褒美として、斬られた首を盆に載せられてしまうからだ。この物語は、O・ワイルドの戯曲、さらにR・シュトラウスのオペラ『サロメ』となって今も人気が高い。

3 「最後の晩餐《ばんさん》」遠近法でリアル

イエスの伝道活動は熱狂的支持を得たため、当時の宗教権力者たちの激しい嫉妬と憎悪を買った。「彼らはわたしを捕らえ、十字架にかけるだろう」——聖地エルサレムへの道すがら、イエスは使徒にこう予言した。それが「いつ」ということまで、すでにわかっていた。

つまり「最後の晩餐」とは、イエスだけが「最後」と知っている特別の夕食なのだ。祈りの後イエスはパンを「我が肉」として、ワインを「我が血」として皆にまわす。祭壇に捧げる「犠牲の仔羊《こひつじ》」の代わりに、自らの肉と血をさしだして人類を救うという、神との新たな契約であった。

厳かなこの儀式の様子は、何世紀にもわたり絵画化されてきた。古くは丸テーブルに13人を描くため、手前の人物がどうしても後ろ向きになり、頭の後ろで発するはずの円光が顔の前で光っているなど、つい笑ってしまう表現もある。

格段に絵画技法が進歩したルネサンス以降は、遠近法を駆使したリアルな情景が現れる。個々の使徒も描き分けられ、中でも銀貨30枚でイエスを売った「世界一有名な裏切り者」ユダはすぐわかるようになった。彼ひとり円光がなかったり、皆と反対側の席についていたり、銀貨入り袋を握っている。

だが何と言っても「最後の晩餐」といえば、レオナルド・ダ・ヴィンチ作品にとどめを刺すだろう。この天才画家が描いたのは、食事の席でイエスが爆弾宣言した瞬間のシーン。「この中に裏切り者がいる」という言葉は、まるで見えない衝撃波のように12人の使徒を直撃する。のけぞり、詰め寄り、立ち上がり、目を伏せ、両手を広げる彼らの驚愕《きょうがく》ぶりは、見ているこちらの胸まで波立たせるほどだ。

4 「磔刑図《たっけいず》」人間イエスへ

磔刑図とは、十字架上のイエス・キリスト（救世主イエス）像のこと。西洋のあらゆる図像のうち最多と言われる。

日本人の感覚にはずいぶん血なまぐさく見えるが、中世前期までは違う表現だった。神の子としての側面が強調され、十字架にかけられているのに涼しい顔、場合によっては微笑んでいたりする。13世紀ころから次第に人間イエスが前面に押し出され、肉体への科学的探究心の高まりとともに、絵のイエスは苦痛に喘《あえ》ぎだす。

もとより十字架刑は、速《すみ》やかに死をもたらす刑罰ではなく、古代ローマ帝国が逃亡奴隷や政治犯など重罪人にのみ科した拷問の一種であった。あまりに苦しみが長引くので、時に神経を麻痺《まひ》させる飲み物を与えてもよしとされたほどだ。

イエスはそんな十字架に、朝9時ころかけられ、6時間後に「神よ、なぜわたしをお見捨てになったのですか」と叫んで絶命した。正午からは皆既日食が起こったため、背景は暗く描かれることが多い。

3メートルほどの支柱には、銘板「I．N．R．I．」（「ユダヤの王ナザレのイエス」の略）が掲げられている。足元では聖母マリアやマグダラのマリアなどが悲嘆にくれる。イエスの姿は痛々しい。イバラの冠をかぶせられた額、死を確認しようと兵が槍《やり》で突いた右脇腹、太い釘を打ちつけられた両手両足から血が流れおちる。

釘の数は、足を重ねたかどうかで3本説と4本説がある。聞くところによれば、聖遺物とされる聖釘《せいてい》は現在20本以上存在するという。……あれ？

（朝日新聞夕刊二〇一二年八月二十二日、二十九日、九月五日、十二日）

孤高の画家 ターナーを識《し》る

イギリス風景画の巨匠ターナーは、今も本国で絶大な人気を保持している。2005年にBBCラジオがおこなった「イギリスで見ることのできる最も偉大な絵画は何か？」というアンケートで――ベラスケスやルーベンスを差し置いて――約12万人の回答者による第1位作品が、『解体のため錨泊地《びょうはくち》に向かう戦艦テメレール号』だった。ターナーの色彩家としての頂点を示すばかりでなく、イギリス人好みの物語的要素をも含む代表作である（拙著『運命の絵』参照）。

落日の中、大型帆船テメレール号が曳航《えいこう》されてゆく。昔日のトラファルガー海戦においてナポレオン軍から勝利をもぎとった、いわば英雄艦。しかし時の流れとともに老朽化し、ついに解体が決まる。幽霊船のように影の薄いテメレール号を曳くのは、小さな、だが黒々と力強い近代的な蒸気船だ。盛大に炎と煙を上げている。当時の新聞は本作をこう評した、「まるで一人の人間の晩年を見るようで、痛切きわまりない」。

ターナー、この時63歳。創作意欲は微塵《みじん》も衰えず、独自の世界をさらに展開してゆく。

１７７５年、ロンドンの下町に理髪兼鬘《かつら》販売店の一人息子（妹は早世）として生まれたターナーは、母親が精神を病んだため、幼少期の数年間は親戚のもとへ預けられた。母が入院後は自宅へもどり、父の愛を一身に受けて育つ。陽気でおしゃべりで働き者の父は料理など主婦役もこなし、後には工房の弟子の役目まで引き受けて顔料や額縁を用意した。あまり他に例をみない親密な父子関係は、父の死（ターナーが54歳の時）まで続いた。彼が無口で秘密主義だったのは、父への強度の依存と母の不在も一因かもしれない。

才能の開花と成功は驚くほど早かった。12歳で描いたスケッチは父の店に飾られて買い手がついたし、14歳にしてロイヤル・アカデミー・オブ・アーツへの入学が認められた。ドーバー海峡の向こうのフランスで革命が起きた１７８９年のことだ（彼はジェーン・オースティンと同年生まれ、さらにマリー・アントワネットやナポレオン、ダーウィンと同じ時代を生きた）。

出世の早さも目覚ましい。史上最年少の24歳でアカデミー準会員、さらに27歳でこれまた史上最年少のアカデミー正会員に選ばれる。29歳で自宅の隣地に個人ギャラリーを開設し、そこへはパトロンや批評家が頻繁に訪れて絵を高額で購入していった。生涯を通じて経済的に恵まれたため、思うさま好きな絵に没頭できた。

24歳の自画像が知られている。人物画は不得意とされ、後年はほとんど描かなくな

ジョゼフ・マロード・ウィリアム・ターナー
『解体のため錨泊地に向かう戦艦テメレール号』
1838年、油彩、91×122cm
ロンドン・ナショナル・ギャラリー（イギリス）

るターナーだが、この頃は自らの力量を示す意味合いもあって、繊細で緻密な描写だ。ただし面白いのはずいぶん容姿を美化していること。数人の画家が各年代の彼の肖像を残しており、それらを見ると、お世辞にもハンサムとは言えぬ垂れた鷲鼻《わしばな》に濃い眉の、ずんぐりむっくりした姿だ。映画『ターナー、光に愛を求めて』で演じたT・スポールが実像に近かっただろう。特に中年以降のターナーは、うめき声のようなアーとかウーで話を済ませることが多かったといい、その点でも雰囲気がよく出ていた。

ターナーといえば、旅である。頑健そのものの体力にものをいわせ、一日30キロ以上歩き続けて疲れを知らなかった。10代から最晩年までの60年近く、毎年必ず長期の旅に出た。国内はもちろん、スコットランド、アイルランド、スイス、フランス、オランダ、イタリア、ドイツ、オーストリア、チェコ……気に入った町は幾度も訪れた。スケッチ帖は膨大な数になる。当時はもちろんまだ戸外での油彩制作はできないので、鉛筆やペン、時に水彩で写生し、帰宅してからアトリエで記憶を頼りに自然光の移ろいを再現し、景色を再構成したのである。

アルプスの威容を目の当たりにした成果は、『吹雪――アルプスを越えるハンニバルとその軍勢』に結実した。自然の非情を前に人間の営みなど全く無力であることが、圧倒的迫力で描出される。古代の英雄ハンニバルを背に乗せた戦象も豆粒ほどだ（この象を探す楽しみも鑑賞者に与えられている）。

逆にまた自然を切り開き、征服する人間の科学文明も礼賛した。ターナーのもう一つの代表作『雨、蒸気、速度――グレート・ウェスタン鉄道』で、これは絵画史上初めてスピードを主題にした作品といわれる。制作にあたり、彼は篠突《しのつ》く雨をものともせず、列車の窓からいつまでも身を乗り出していたと言われるが、それはどうやら伝説のようだ。ターナーならやりかねないと信じられていたからで、実際、彼は海上の嵐を肌で知るため船のマストに体をくくりつけさせた経験の主であった。

政治的発言はほとんどしていないが、三角貿易による奴隷売買で潤ったイギリス政府批判とも見做せる『奴隷船』を発表している。これは船内で疫病が発生して奴隷が罹患《りかん》したため、船長が事故に見せかけて保険金をせしめようと、まだ生きている奴隷たちまで次々海中へ投げ捨てた実際の事件をもとにしている。血のような夕焼けの赤が悲鳴を発する壮絶な画面だ（美術評論家ラスキンはターナーの最高作と評価し、購入はしたものの毎日見るのに耐えられなくなった由《よし》）。

70歳でアカデミー最長老となり、院長代理に就任。フランスを回るが、これが最後の外国旅行になる。最晩年は病気がちで遠出はできなかった。

（「ＣＲＥＡ　Ｔｒａｖｅｌｌｅｒ」二〇一六年夏号）

必然の想定外

修道女の友人がいる。元は大学教員の同僚だった。夏休みを利用してフランスの「ルルドの泉」に通ううち、進路変更を決めた。その際、観想修道院と活動修道院のどちらにするか迷ったという。基本的に前者は院内から出ないで祈りと労働、後者は社会奉仕活動を行う。

物静かな彼女は観想修道院を選ぶと思っていた。本人もそのつもりでいくつか見学に行き、自分には無理と結論づけたその理由というのが、一生ずっと同じ院内で黙想に励むには生来の陽気さが必要だというのだ。なるほど、そういうものかと意外だった。その後彼女は活動修道院に入り、発展途上国での奉仕に忙しい身だ。

話変わって。

海上自衛隊の潜水艦を見学させてもらったことがある。20年以上前のことだ。案内してくれた自衛官の方に、どういう人が乗組員にふさわしいと認められ選抜されるのですかと聞いてみた。

「常に冷静沈着」という答えが返ると予想していたら全然違った。何より大事なのは、仲間とうまくやれるタイプかどうかというのだ。確かに三密そのものの狭い艦内で何カ月も共に暮らすストレスは計り知れない。自分勝手が許されるわけもない。過酷な仕事だと改めて感じ入った。

サラリーマンはどうか？

昔読んだ短編小説（作者失念）にこんな話があった。新社長が無能な社員を馘《くび》にする。毎日社内をふらふらして、誰彼と無駄話ばかりで仕事をしない男だった。ところが彼がいなくなると一気に会社から笑いが失われ、見る見る業績も悪化して、ついには倒産。

無能とされたこの社員は、実は福の神だった、というオチ。

（神戸新聞夕刊二〇二〇年六月五日）

王妃の秘められた物語

14歳のマリー・アントワネットが王太子妃としてヴェルサイユへ足を踏み入れたのは、1770年。太陽王ルイ十四世によって建設されてから、ほぼ90年が経っていた。フランス絶対主義の権勢を全ヨーロッパへ誇示し、各国の王宮の手本となったヴェルサイユの威光は今なお輝かしく、やがてはここの女主人となるアントワネットの小さな胸を高鳴らせた。

だがこの豪壮な建築物は、観光するには素晴らしいが住まいには全く適していない。もともと湿地帯に造成したため夏は蚊の襲来があり、冬は高すぎる天井で暖房が効かず、極寒の夜にはテーブルのワインさえ凍った。換気が悪くて臭気がこもり、病気の感染も多い。迷路のような廊下、トイレの不足、ネズミの跋扈《ばっこ》、腐った階段を踏み破って死者も出た。何よりここには1000人を超す貴族が住み込み、プライバシーなどあって無きがごとし。

なぜこんなに人がひしめくようになったかと言えば、ルイ十四世がそれまでの移動宮廷方式をやめ、王が国内行脚するのではなく、逆に各地の貴族が領地を離れて宮廷へ集まるような仕組みに変えたからだ。宮廷こそがフランスの中心であり、出世の場であり、なお且《か》つ娯楽の殿堂だということを、太陽王は生涯、身を以《もっ》て示し続けた。ヴェルサイユという舞台で、出ずっぱりの主役を張ったのだ。

儀式優先はそのためである。食事も散歩も祈禱も就寝前の着替えですらも仰々しい儀式と化し、また一種の「ショー」として国民に公開された。王はどんな場でも威厳を崩さず、王権神授の担い手たることを、数々の儀式を通して世に知らしめた。それが王朝盤石への道と信じる強靭《きょうじん》な神経の十四世だから続けられたことだ。

アントワネットが嫁いだのは、代替わりしたルイ十五世の老年期だった。儀式一辺倒はかなりやわらげられていたとはいえ、家庭的なウィーン宮廷から来たアントワネットには、なお驚くほどの規則ずくめに感じられた。朝の身支度一つとっても、その場にいる女官の最高位の者が衣装を手渡す決まりがあるばかりに、下着姿で震えながら待たねばならない。馬鹿馬鹿しい時代遅れの儀式なのは間違いなかった。

だが何事も性急すぎると傷を負う。王位に就いたルイ十六世夫妻は次々に儀式を減らし、自由を獲得していったが、旧勢力にとっては仕事を取り上げられるわけだから不満がたまる。国民もまた、儀式というまばゆいオーラの薄れた王家に戸惑いを覚える。特に戴冠してすぐ「王の秘蹟」を廃止した影響は大きかった。王の手に触れて難病を治してもらうという民間信仰への配慮は、前代まで長く引き継がれてきた人気儀式だけに、十六世のただでさえ乏しいカリスマ性を限りなくゼロに近づけるほどのものだった。

己の自由ばかりを大事にし、戦場で戦うこともなく、聖なる秘蹟さえ与えず、民の腹を膨らませることもできない王家の存在意義とは、いったい何なのか？——そう疑問に感じる人々が増えはじめ、それとともにアントワネットに対する憎悪も深まってゆく。遊び好きなこの異国の花嫁が王に悪影響を及ぼし、フランスをめちゃくちゃにしているのだ、と。

確かにアントワネットは、母マリア・テレジアを嘆かせたように軽佻浮薄《けいちょうふはく》であった。しかしフランス宮廷そのものが、輪をかけて軽佻浮薄だったのだ。少女のアントワネットがたちまちその濁流に呑み込まれたのも無理はない。それに彼女にも同情の余地はある。十六世がほんのちょっとした手術を先延ばしにしたせいで、嫁いで7年間も妊娠できず、全て彼女のせいにされてしまう。世継ぎを産めない焦りと屈辱、また重圧は尋常でなかったろう。お忍びでパリへ出かけて仮面舞踏会で踊りまくる彼女の遊びには、逃避の側面もあったに違いない。

ロココは太陽王の時代に対する反動と言える。何もかもが巨大で大仰《おおぎょう》、人にまで尊大さを求められる息苦しい過去を拭い、軽やかで優しく女性的で曲線的、はかなく淡いパステルカラーの趣こそがロココだ。

アントワネットも小さな可愛《かわい》いものを好んだ。中でもヴェルサイユの私室「黄金の間」に飾られた、70個近い日本製漆器のコレクションは名高い。どれも掌《てのひら》サイズの美しい漆器で、金蒔絵《まきえ》をほどこしたキャビネットの中に収められていた。幸い革命で散逸することもなく、目録も残されている。当時は贋作《がんさく》も多かったのに全て本物の日本製の逸品で、アントワネットの審美眼の確かさもうかがえる。

そして「プチ・トリアノン」。ヴェルサイユ宮殿から2キロほど離れたこの小さな（＝プチ）離宮を王からもらったアントワネットは、次第に宮殿よりここで過ごすことのほうが多くなる。建物のこぢんまり感に、ようやく息がつける気がしたのだ（「ここでだけ、私は私でいられるのです」）。彼女は何年もかけて館の庭園を自分好みに変えてゆく。整然たるシンメトリーを良しとするフランス庭園ではなく、自然に近いイギリス風の素朴な田園を模したのだ。だが池や小川、滝や洞窟など、人工的に自然を造りだすのは、かえって時間も費用もかかった。

数年後には庭園を拡張し、アモー（村落）も造営した。田舎家や納屋、風車や塔、厩舎や畑などから成る小さな村で、門番を置き、俳優に農民の姿をさせて牛の乳搾《しぼ》りもさせた。アントワネット自身もお気に入りたちといっしょに農民風衣装に麦藁帽をかぶり、農作業のまねごとや花摘みをして楽しんだ。清潔そのものの張りぼて農村は、今で言うならディズニーランドそのものだった。

後年、革命裁判にかけられた時、アントワネットはプチ・トリアノンに要した金額を明言することは避けながらも、こう認めざるを得なかった、「巨額の費用がかかったのは、ありえることです。おそらくわたしが望んでいた以上の出費だったでしょう。どんどん費用の投入が増えていったのです」。

現実の農民が飢えに苦しんでいる時も時、王妃が理想郷のごとき虚構の農村を造りだして遊んでいたのだから、憤激を買うのは当然だ。それくらいならむしろ十六世が所有馬車217台、馬1500頭、猟犬1万頭を手放さなかったことのほうが、いかにも王侯らしいと心情的に許されたほどだ。

フランス革命年の10月、事ここに至ってもまだ逼迫《ひっぱく》感のない王家は、これまでどおりの日々を送っていた。ルイは好きな狩猟へ出かけ、アントワネットはプチ・トリアノンの庭園にいた。「恋の洞窟」と呼ばれる洞窟内の、石のベンチに座っていたという。小姓があらわれ、パリの下層民たちが大挙して押し寄せてきているとの知らせ。王妃はあわててヴェルサイユへもどる。王家にとってはこの日こそ転換点で、以後はパリでの幽閉生活へと突入していく。

この日、真っ先といっていいほど早く宮廷へ駆けつけたのがフェルゼンだったため、実は洞窟内で2人だけの時を過ごしていたのではないかとの説もある。今となっては確かめようもないが、ありえないことではない。愛し合っていたし、この先フェルゼンはヴァレンヌ逃亡の手引きをし、その後も命を懸けて彼女に会いに激動のパリへもどってくる。問題は、ふたりの恋が精神的なものだったかという点だが、シュテファン・ツヴァイクの伝記はわざわざ1章分を費やして、「身も心も説」を展開している。

それが正しいのではないか。

心と肉体を切り離して悩むのは観念先行のロマン主義的世界だ。ロココの恋愛はそんなややこしさを拒む。政略結婚で好きでもない相手と結ばれた女性は（男性も）、跡継ぎの息子を作るという「仕事」を終えてようやく恋愛を許される。恋して結婚ではなく、結婚した後に恋だった。結婚相手をほんとうに愛したり嫉妬することのほうが、滑稽の極みと笑われた。C＝モーリス・ド・タレイラン曰《いわ》く、「革命前に生きた者にしか、生きる喜びはわからない」。

そこには強烈な官能の歓《よろこ》びも含まれていた。そして官能に持続性がないのと同じく、ロココにまとわりつくのは「はかなさ」だ。滅びを内包した美。それも当然で、多くの人々の犠牲の上に、いわば泥水の養分を吸って花を咲かせている。長くはもたない。もたないことを、当事者たちは無意識に感じ、メランコリックな倦怠《けんたい》にたゆたっていた。

アントワネットは、目に見えないものの手によって選ばれ、その最後の、ひときわ魅力的な大輪の花となったのだ。

(引用文はすべてツヴァイク『マリー・アントワネット』中野京子訳より)

(「家庭画報」二〇一五年二月号)

夫婦の満ち足りた暮らし

イスラエル・ファン・メッケネム
『オルガン弾きとその妻（〈日常生活の諸場面〉より）』
1495〜1503年、エングレーヴィング、16×11cm
シカゴ美術館（アメリカ）

今ではデューラーの陰に隠れがちだが、メッケネムも中世からルネサンスへの過渡期にヨーロッパ中で大きな人気を博した。デューラーほど線描の鋭さやアクの強さは無く、親しみやすいのが持ち味だ。当時としては珍しく非宗教的主題も数多く扱っている。

本作は〈日常生活の諸場面〉シリーズ中の一点。夫が風箱構造のオルガンを弾き、妻がふいごを操作して風を送り、音を出す。微《かす》かな笑みを浮かべた2人の、心から音楽にひたる様子が伝わってくる。テーブルの下では犬も耳を傾ける。

夫婦で協力すれば物質的にも精神的にも満ち足りた暮らしが送れますよ、とのわかりやすい教訓画だ。同時にまた、音楽を芸術の最高峰とみなし、家族で合奏して生活に音楽を欠かさないドイツ人気質というものも称揚されていよう。

（東京新聞二〇一六年七月二十七日「メッケネム展」寄稿）

愛を射止める激しい舞

部屋の奥で貴婦人が、愛を象徴する指輪を見せびらかす。一番上手に踊った者が、彼女の愛を勝ち得るのだ。右端の演奏者と左下の宮廷道化（あかんべえをしている）はこの場の景気付けなので、競争者は3人の若者。モリスカダンスで男の魅力を競う。窓の外には興味津々《しんしん》のやじ馬がひしめく。

当時のモリスカダンスのテンポがどれくらい速かったかは不明だが、ジャンプやホッピングを含むかなり激しい踊りだったことは、絵からも想像できる。特に画面一番手前の半裸の男は、片足を上げて上体を後ろに反らせる難度の高いポーズ（イナバウアー？）を決め、忘我の境地だ。

鳥の求愛ダンスはよく知られているが、人間の雄も雌獲得のため似たような努力を惜しまない。おもしろうてやがてかなしきダンスかな。

（同八月二日同展寄稿）

I·M

イスラエル・ファン・メッケネム
『モリスカダンス』
1465～1503年、エングレーヴィング、直径17㎝
シカゴ美術館（アメリカ）

多才な人気画家の華やかで劇的な絵を堪能

ペーテル・パウル・ルーベンス
『クララ・セレーナ・ルーベンスの肖像』
1615〜16年、油彩、37×27cm
リヒテンシュタイン侯爵家コレクション（ファドゥーツ／ウィーン）

ルーベンス（1577－1640）が「王の画家にして、画家の王」と讃えられたのは、ヨーロッパ中の王侯貴族がこぞって彼の絵を欲しがったからであり、また17世紀バロック時代に王者のごとく君臨したからだ。

さらにルーベンスは「幸せな画家」とも呼ばれた。人好きする容姿、貴族的立ち居ふるまい、温厚な人柄、円満な家庭、努力を厭《いと》わぬ精神、7カ国語をあやつる語学力、古典の素養、優れた経営能力、契約の順守と迅速な仕事ぶり、何よりその輝かしい画業！

こうした多才ぶりから外交官としても活躍したし、おおぜいの弟子や助手を抱える彼の大工房は巨万の富を生んだ（残された資料から、ルーベンス工房は弟子志願者を100人以上断ったほどの人気企業だったとわかる）。作品への評価は生前も死後も全く変わらず、欧米のルーベンス所有者が所蔵品を誇るのも当然だろう。

もちろん陰口はある。彼の描く女性ヌードが、当時でさえ太り過ぎと思われたこと。これに関してはルーベンス本人が言ったとされる返事が笑える。曰く、「フランドルの女は餌が違う」。

もう一つのルーベンス批判は、もっぱら近代以降のもの。画面が大仰でわざとらしいというのだ。これは時代と注文主を考慮していないからで、ルーベンスが美術館の壁に掛ける目的で描いた絵は1点もない（なにしろヨーロッパに公立美術館ができたのは、彼の死後150年以上もたってからだ）。

彼の作品の多くは、絢爛《けんらん》豪華な王侯の居城やカトリック教会を華やかに劇的に彩るために描かれた。周囲の装飾に負けない力強さと大ぶりな動きと華やかな色彩が必要だった。主題も表現もドラマティックになる。それをもっと自然に、などと言うのは室内楽愛好家がオペラに「歌があってうるさい」と難癖をつけるようなものではないか。

そうしたことを踏まえて、今回のルーベンス展を十全に味わってもらいたい。国内最大規模のルーベンス展である。神話画では、太陽神アポロンの息子が父の真似《まね》をして破滅する『パエトンの墜落』や、ローマ帝国建国譚《たん》の発端となる『マルスとレア・シルウィア』、歴史画では『セネカの死』、宗教画では『聖アンデレの殉教』。それら大作と対照的な、プライベート用に描いた愛らしい小品『クララ・セレーナ・ルーベンスの肖像』も出展されている。12歳で病死した第1子にして長女クララに対する愛があふれた作品だ。しかも肌や髪の毛の表現の天才的な絵筆に唸《うな》る。

本展には、別の楽しみも用意されている。アニメ『フランダースの犬』のネロ少年が死ぬ前に見た『キリスト昇架』と『キリスト降架』。これらはアントワープの教会内にあるため門外不出、実物は現地でしか見られない。それを4Kカメラで撮影したものをほぼ原寸大で館内ロビーに展示。ネロが「ああ、神さま、もう充分です」と思わず漏らした感嘆に納得できるのではないだろうか。

（公明新聞二〇一八年十一月二十八日「ルーベンス展」寄稿）

不思議な猫の話

以前、タクシーに乗っていて、ふいに横切った自転車に肝を冷やしたことがありました。そこから運転手さんが、仕事で怖い目にあった話をあれこれしてくれたのですが、人ならぬ者に止められたり乗り込まれたりの幽霊譚にまで発展し、「タクシーの運転手なら皆そういう経験をしているはずです」。

俄然興味をもったわたしは、それ以来、長い距離を乗せてもらう際には必ず「お仕事中、何か不思議なことに出会いませんでしたか？」と訊《き》くようになりました。全く無いと言う人はわずかで、たいていは何かしらの奇妙な話をしてくれます。２人乗せたのに降りる時は１人だったとか、高速道路で前を行く車と衝突したバイクが消え失《う》せたとか、果てはＵＦＯに誘拐されかけたというのまで……。

最近の例では、旅行からもどって羽田から乗った夜のこと。やはり運転手さんに同じ問いかけをしてみました。一度だけある、と。それは深夜に田舎道で女性が手を上げたので停めると、誰もいなかったというものでした（実はこのパターンがわたしが聞いた中でも一番多い）。

「でも」と彼は続けるのです、「それは疲れて眠くて、何かを人と見間違えたのかもしれません。見間違えるようなものは近くに何もなかったですけどね」。

それからしばらく無言で走った後、また話し始めました。だいたいこういう内容でした――

無類の猫好きで、今も数匹飼っています。この仕事をしていると、道路に猫の轢《れき》死体がどんなに多いかわかります。片付けてやることもありますが、客を乗せていてできない場合が多く、そばを走りながら可哀そうだなと思った瞬間、肩のあたりに猫の気配と訴えるような啼《な》き声が聞こえてくることがある。「よしよし」というふうに心で答えてあげれば、いつの間にかそれはやむのです。

猫が好きになったきっかけは小学生ころ。きれいな白い猫をもらい、可愛がって育てていたのに、引越し先が動物を飼えないというので、泣く泣く親戚に譲ることになりました。その人は猫を自分の車に乗せて帰って行ったのですが、数時間後、庭にそっくりの猫がいて、こちらを見ている。おや、もどってきたのかな、と思ったものの、猫はただこちらをじっと見つめるばかりで近づいて来ないし、自分も何だかその場を動けないような感じでしばらく見つめ合っているうち、ふっといなくなってしまった。

そのすぐ後、猫が車に轢《ひ》かれて死んだと親戚から電話があったのです。乗せていた車をパーキングエリアで停めた途端、猫がドアをすり抜けて外へ走り出て、トラックに撥《は》ねられたというのです。さっきの庭の猫は、別れの挨拶《あいさつ》に来てくれたのかなと思いました。猫の轢死体がどうしても目につくのは、そういう経験からかもしれないし、タクシーの仕事についたというのも、まあ、ある種の因縁を感じます。

でもこんな話を同僚にして、猫に憑《つ》かれているんじゃないかとからかわれたのがきっかけで、一時、猫を飼うのをやめていた時期がありました。そのころ体調を崩している。数日寝込んだのですが、どこからか見知らぬ猫が入ってきて、黙って枕元に座っていました。一人暮らしでしたので心強く、治ったらこの猫を飼おうと決めました。ところが具合が良くなりはじめるとともに、猫はもう来なくなってしまったのです。

妙な話なので、信じてもらえないかもしれませんけどね。

――いえ、信じます、とわたしは答え、タクシーを降りたのでした。長く留守していた家には手紙類がたまっており、その一番上に、なんと、この「ねこ新聞」からのエッセー依頼の手紙が！　シンクロニシティとはまさにこれを言うのでしょう。謎めいた美しい生きものである猫には、いつも不思議な話がまとわりついていますから。

（「ねこ新聞」二〇一四年十二月号）

大エルミタージュ　名画物語

I. 未来からやってきた女性

絵は自分の感性だけで味わうもの。そう思っていませんか？　でも、もしその絵に意味があったらどうでしょう。何らかの物語性を含み、鑑賞者もそれを知っているとの前提で描かれていたとしたら？

実は近代以前の絵画の多くがそうなのです。予備知識がなければ、とんでもない誤解を招きかねません。主題のある作品に対し、その主題を無視して色彩や様式だけで、何かを「感じる」など、文化も歴史も全く違う日本人には至難の業《わざ》だからです。

ロレンツォ・ロット
『エジプト逃避途上の休息と聖ユスティナ』
1529〜30年、油彩、82×133㎝
エルミタージュ美術館（ロシア）

物語画をもっと楽しむため、ほんの少しでいいから意味をかじっておきませんか。これから5回にわたって大エルミタージュ美術館展の作品を、「感じる」前に「読んで」みたいと思います。

＊

まずは、イタリア・ルネサンス特有の明るい色彩で描かれた宗教画から。

タイトルの「エジプト逃避」とは、聖家族（幼子イエス、聖母マリア、育ての父ヨセフ）がユダヤからエジプトへ、一時亡命したエピソードのことです。

画中の赤ちゃんがただ者でないことは、頭部から何本も光の矢が発していることで分かりますね。神がユダヤの乙女マリアを通じてこの世へ送られたイエス・キリスト（救世主イエス）です。

そばで聖書を読んでいる女性が母マリア。彼女の衣装はわずかの例外を除き、必ず赤いドレスと青いマントなので、どんな作品でも見分けるのは容易です。赤は犠牲の血の色、青は天の真実を示します。隣にいるのは、マリアの祖父ならぬ夫のヨセフです。

逃避行中のこの聖家族のもとへ、1人の女性がやってきて幼子イエスを拝んでいるようです。タイトルから彼女がユスティナとわかります。でも何か変……そうです、心臓にぐっさり短剣が！　しかも血まで滴《したた》っている。これでよく平気なものだ、と感心しませんか。実は彼女はすでに死んでいるのです。

では亡霊が出現したのでしょうか。少し違います。なぜなら、ユスティナはイエスの時代より3世紀も後の殉教者。未来からやってきた女性なのです。

この時代にもう絵画の世界では、こうしたSF的発想が生まれていたのに驚きますね。

（読売新聞名古屋圏版二〇一二年八月二十三日「大エルミタージュ美術館展」寄稿）

Ⅱ. 一投で巨漢打ち破る

ヤコブ・ファン・オースト（一世）
『ゴリアテの首を持つダヴィデ』
1643年、油彩、102×81㎝
エルミタージュ美術館（ロシア）

前回は新約聖書のエピソードでしたが、今回は旧約聖書。ちなみに「新約」とは、イエスが神と「新」たに「契約」し直したことを意味します。そのため、それ以前の正典を、キリスト教徒は「旧約」と呼ぶのです。

さて、その旧約聖書で、屈指の英雄といえばダヴィデでしょう。全イスラエルを統一し、王の鑑《かがみ》と讃えられるダヴィデですが、必ずしも完璧な存在ではなく、いくつもの欠点を合わせ持っており、そのために一層人々から愛されています。

日本における記紀神話のスサノオノミコトと似ているかもしれません。子どもっぽく乱暴者だったスサノオは、天《あま》の岩戸事件を起こして追放されますが、ヤマタノオロチ退治など数々の逸話を重ねて、ついに出雲系神道の祖となりました。

スサノオが多くの日本画に雄姿をとどめているのと同じく、ダヴィデもまた各時代の画家たちによってさまざまなシーンに登場します。彫刻ではミケランジェロによる『ダヴィデ像』がもっとも有名です。

ベルギーの画家オーストが描くのは、少年時代のダヴィデ。つややかな金髪をなびかせ、幼さの残る中性的な顔立ちのダヴィデは、呼び止められでもしたのか、ふり返ったところです。肩から斜めにかけたヒョウ模様のショルダーバッグは、現代でもデパートに売っていそう。でも衣服は質素です。それも道理で、ダヴィデは貧しい羊飼いでした。

当然、担いでいる車輪付き鉄剣は彼のものではありません。その柄のところで髪の毛とともに握られている生首の主、巨人ゴリアテの武器でした。自分の倍もの大きな敵を、きゃしゃなこの少年はいったいどうやって殺したのか？

――イスラエルとペリシテの戦闘中、ダヴィデは兵士の兄に届け物をしに行きました。ちょうどペリシテの巨漢ゴリアテが一対一の戦いを挑んでおり、誰も受けて立つ者がいません。そこでダヴィデは石投げひもと石だけで立ち向かい、一投で相手を倒すと、その剣で首を切り落としたのです。

絵をもう一度見て下さい。ゴリアテの額に、石がめり込んでいるのが見えますね。ダヴィデの放った石がこれなのです。

美少年ダヴィデが醜悪な大男を打ち破る図像は、悪に対する正義の勝利とも見なされるようになりました。

（同八月二十四日）

Ⅲ．夢の神起こす虹の女神

ピエール＝ナルシス・ゲラン
『モルフェウスとイリス』
1811年、油彩、251×178㎝
エルミタージュ美術館（ロシア）

『モルフェウスとイリス』というタイトルは、作者のゲラン本人がつけたものです。そんなのは当たり前じゃないか、と思ってはいけません。そうとは限らないのです。

画家自ら個性的な題名をつけるようになったのは、絵の購入層が広がり、世界中に公立美術館ができた近代以降のこと。それ以前は、ごく限られた注文主（王侯貴族や教会、大商人ら）が自分好みの主題、多くは聖書、神話、歴史からエピソードを選んで、直接画家に依頼しました。「こういう場所に飾る受胎告知図を」というように。画家はそれに応じて完成品を渡したので、タイトルをつける必要はありませんでした。

もちろん大切な財産なので、記録は残されます。宮殿の美術品管理者や売買に携わった人たちによってです。記録が失われた作品は後に美術館で所蔵する際、学芸員や研究者たちがあれこれ考えて題を決めました。

そんなわけで、時々間違いも起こります。1回目の『エジプト逃避途上の休息と聖ユスティナ』は、かつてはユスティナとは別の聖女、カタリナと考えられていました。

その点、本作は心配無用。説明するほうも安心できるわけです。

フランス新古典派の画家だけあって、人体表現が彫刻的でつるつるすべすべ、雲まで何だか固そう。そしてかなりエロティックです。

ギリシャ神話がモチーフになっており、カゲロウのように透き通った羽を持つ美女は、神々の伝令役をつかさどる虹の女神イリス。青く翻るヴェールの向こうには、虹も描き込まれています。

手前に横たわるのは、夢の神モルフェウス（モルペウス）。ここは眠りの王国で、モルフェウスの父は眠りの神ヒュプノス、母は夜の女神ニュクスです。モルフェウスという名から何か連想しませんか？　そう、麻薬のモルヒネ。モルフェウスが語源なのです。

イリスが眠りの王国へやって来たのは、女神ヘラの使いとして、モルフェウスを起こすためでした。イリスの右手の動きに注目してください。まるで見えない糸をあやつるように、モルフェウスの腕をひっぱっています。ちょっと怖いかも。

彼が目を覚ますのも、もうすぐでしょう。

（同八月二十六日）

Ⅳ．ピエロの扮装《ふんそう》　悲劇性強調

ジャン=レオン・ジェローム
『仮面舞踏会後の決闘』
1857年、油彩、68×99cm
エルミタージュ美術館（ロシア）

前回までは、「先に物語ありき」の作品を見てきました。よく知られた物語を視覚化するに際し、画家がイメージを膨らませ、独自の美的工夫を凝らしたことがよくわかりましたね。

今回は、画家自身が創り出した物語画を取り上げましょう。こちらのほうが難物かもしれません。青と赤色の衣服を身にまとった女性が登場しても、宗教画ではないので、聖母マリアとは限らないからです。

画家の絵筆からの問いかけに、見る者は想像力を駆使して作品を鑑賞しなければなりません。

『仮面舞踏会後の決闘』で、あらかじめ知っておくべき点は二つ。決闘と、ピエロの扮装についてです。

まず前者から。

現代だと、先進国はどこもほぼ決闘罪があるので逮捕されてしまいます。この絵が発表された時代にも一応、決闘は非合法とされていたにもかかわらず、頻繁に行われたため、事実上、野放し状態でした。双方の立会人のもと、名誉をかけて戦ったのだからと、相手を殺しても罰せられなかったのです。

辺り一面、雪の森の中、決闘はすでに勝敗がついています。剣を放り投げ、振り向きもせず立ち去る勝者、朝もやの向こうに馬車が待っています。

一方、胸を突かれた敗者の命が風前のともしびであることは、友人たちの表情や仕草から明らかです。ピエロ姿のまま死にゆく若者は、まだらに残る白い化粧の下で、無念の形相を浮かべ、なおも剣を握りしめてはいるものの、脱力した両脚からは死神がはい登ってくるのが見えるようです。

そして、ピエロの扮装。これこそが、本作の悲劇性を強めるキーポイントなのです。なぜなら――宮廷道化につながるピエロは、かつては肉体的にも精神的にも障害があり、愚かしく笑うべき存在、と見なされてきました。ところが、19世紀半ば頃から、ピエロに対するイメージが変わり始めます。

滑稽な仮面の下に、熱い涙を隠す、報われない芸術家や恋する哀れな若者、そうしたロマンティックな存在の象徴のようにとらえられるのです。

したがって当時の人々は、この絵から容易に想像したでしょう。仮面舞踏会で彼は自分の芸術を侮辱され、あるいは恋がたきにばかにされ、思わず決闘を挑み、そしてこのように死んでゆくのだと……。

（同八月二十八日）

V. 英雄の休息　笑顔描かず

フランソワ・フラマン
『1802年マルメゾン宮殿でのパーティ』
1894年頃、油彩、106×139cm
エルミタージュ美術館（ロシア）

今回の美術展の特徴は、400年にわたる西洋絵画の歴史がありありと目に見えることです。特に19世紀後半のコーナーを回り、印象派の展示室に入った途端、色彩がぱあっと明るく華やぎ、絵というものが根本的に変わってしまったことを思い知らされます。

題材は身近なものへと変じ、遠近法へのこだわりもなくなります。意味も物語も消失しました。まさに、絵画の革命を実感できるでしょう。

だからといって画家が皆、軽やかなエッセーともいうべき印象派へくら替えしたわけではなく、従来通り、長編小説風の歴史画を描き続ける少数派も存在し続けました。

そこで面白い事実に気づきます。フラマンのこの絵と、セザンヌの『カーテンのある静物』の制作年が、ほぼ同じなのです。主題、手法、感覚がこんなにも違うのに！

フラマンは印象派に目もくれませんでした。約1世紀前の出来事を、古典的手法で描きました。この絵は、「ナポレオンの生涯」と銘打った5連作中の一つです。

1802年といえば、ナポレオンが独裁政権を敷いてすでに3年、帝位に就くのもこのわずか2年後なので、権力は盤石の時期です。

「悪しき家」という意味のマルメゾン（奇妙な命名ですね）の前庭で、少数だけの親密なパーティが開かれており、前景の右端で鬼ごっこ中なのがナポレオン。おなじみの軍帽・軍服と顔からすぐわかります。妻ジョゼフィーヌは、左の3人掛け長椅子の真ん中に座っています。画面中央のベンチに腰かけたネイ元帥をはじめとして、登場人物は全て実在の人物です。

画家は資料を駆使し、絶対権力者とその取り巻き連中のひとときの休息を描き出しました。しかし、誰ひとり笑っていません。すでに彼らの運命を知るからなのでしょうか？

ジョゼフィーヌは本作の7年後、跡継ぎが産めないからと離縁され、ネイ元帥は王政復古で銃殺。希代の英雄とたたえられたナポレオンも、セントヘレナ島で無念の死を遂げます。マルメゾンの館自体も、普仏戦争の敗戦により、一時期ですが、敵国プロイセン軍の兵舎となり果てました。

歴史を知る、後世の画家の手による絵には、当然バイアスがかかっているものです。皆さんも、色々と考えてみて下さいね。

（同八月三十一日）

ロマンティックな薄明かり

「明かり」という言葉で真っ先に思うのは、己れの考えの足りなさ加減に対する情けなさだ。

学生時代、ドイツ留学中の友人宅にしばらくやっかいになったことがある。そこは古い集合住宅で、エントランスはいつも薄暗かった。おまけに階段部は常に消灯してあり、階上へのぼるときは壁のスイッチを押さねばならない。スイッチを押すと天井の電気が、やはり薄ぼんやりと点くのだが、2階分ほど上ったあたりで自然に消えてしまう。そこでまた壁を手探りしてその階のスイッチを押し……と、くり返してやっと5階の彼女の部屋へ辿《たど》りつく。

不便といったらありはしない。

同じ建物で顔見知りになったドイツ人に、スイッチの場所が見つけにくくて困りますよね、と挨拶がわりに言うと、そんなことはない、このやり方は合理的だ、と返事がかえってきた。さすがケチと名高いドイツ人だけあると感心した。

それからずいぶん月日が流れ、知人のドイツ人が我が家へ遊びに来た。夕方になり、室内にも闇が近づいてきたので電気を点けると、まだ外は明るいのにもったいない、フロアスタンドだけで充分だと言われた。他人の家の電気代まで考慮してくれるとはさすがドイツ人、と以前と同じ感想を持った。

そのうちスイッチ式建物が、ヨーロッパ各国で昔はたくさんあったことを知り、ドイツ人気質とは関係ないことがわかる。同時に、欧米映画における夜の室内シーンが、ずいぶん暗いのにも気づくようになる。書斎で読書する場面など、ほぼ必ずといっていいほど手元のスタンドしか点けない。おまけにその明度自体、かなり低い。日本の子どもがこういう状態で勉強していれば、母親から「目を悪くしますよ」と叱られるのではないかと思うほどだ。

そしてホテル。昔も今も現地のホテルは、薄闇のごとく照明を落としている。レストランやバーなら、その仄暗さがムードを高めるだろうから良しとして、個室まで明度が足りないので、照明を全部点けてもまだ読書には不向きだ。いったい全体、どうしてこうも暗いのか。

何かの雑誌でこんなエッセーを読んだ。日本の旅館は煌々《こうこう》と明かりが点り、下品である、それに比べて欧米のホテルは、しっとりした大人の雰囲気が醸しだされて素晴らしい、云々。

なるほど、明るすぎるより少し暗いほうが心が鎮まるし、自然に声も低くなり、集中しやすいのは確かだなと納得した。そのエッセーを読んだころにはすでにもう日本中に欧米系列のホテルが建ちならび、現地に倣ってロビーもレストランも個室も薄暗いのだった。やがて日本原産のホテルや旅館の一部まで真似をしだしたので、エントランスに一歩踏み入るとしっとりした大人になること、この上ない。

しかし実をいえば、だんだん個室での苛々《いらいら》が募っていた。公的空間ではできるだけ騒がしくならないよう、明かりを落とすのはわかる。でも私的空間ではもっと勝手にふるまわせてほしい。明るい部屋で陽気になりたい場合だってあるだろう。少なくともわたしには、我が家におけるのと同等の光量が必要だ。なぜなら仕事でホテルに泊まるときは、資料に目を通すことが多いのに、こんなうすらぼんやりした中で文字を追うと、集中するより先に疲れてしまう。

おフランスざんすじゃあるまいし、何ゆえ個室まで仄暗くしてロマンティックを追求するのか、それともホテルは読書させせまいとしているのか、それにしては引き出しに聖書が入っているが……。

そんなこんなの末に、遂にわたしは衝撃の事実（?）を知る。

たまたま医学雑誌をめくっていた時だ。アジア人の黒い眼と欧米人の青い眼の違いについて書かれていた。彼らは暗い照明でも平気なのだという。いや、「暗い」というのは我々黒目の人種が感じるだけで、彼らにはちっとも暗くない。彼らにちょうどよい明かりは我らに暗く、我らにちょうどよい明かりは、彼らには眩しいのだ！　なんだ、そんな単純な話だったのか！

大人の雰囲気だの、ロマンティックだの、そんなものはこちらの思い込みで、彼らにはあたりまえの明るさというにすぎなかった。どうしてもっと早く気づかなかったのか。だいたい青い眼の一族は太陽の眩《まぶ》しさに耐えきれず、真夏はサングラスをかけている。一方、黒い眼の一族たる我々は、ぎらつく日の下で存外平気だ。そのことはとっくに知っていたのに、室内照明にまで思い至らなかったのが口惜しい。薄暗い欧米ホテル、イコール高級感、との刷り込みが強烈だったからに違いない。

今にして思えば壁のスイッチも、彼らの薄い眼の色によって容易に見つけられるものだった。夕暮れの室内は彼らには昼間と同じ。ホテルの個室の照明も、本を読むのに充分な明るさなのだ。改めて腹立たしい。

何ゆえ我ら黒い眼の一族が、青い眼の一族の真似をして余計な苦労をしなければならないのか。黒い眼にちょうどいい明かりを取りもどそう。ホテルに「光を、もっと光を！」

（「かまくら春秋」二〇一四年三月号）

夫たちの怖い秘密

西洋名画の裏に隠された恐怖をたどる、『怖い絵』という本を出版したからというわけでもないと思うけれど、最近たて続けに妙な話を聞かされるはめになった。どれも長年いっしょに暮らしてきた夫の、怖い秘密である。

お見合い結婚したA子さんの例。

夫は地方出身。大学から東京で、現在、大手企業のサラリーマンをしている。子煩《ぼん》悩《のう》で家庭的、傍《はた》からはごくふつうの中年男性といえよう。ただ兄弟仲が悪く、故郷に残って農家を継いだ弟を何かと言えば「あいつは意気地《いくじ》無しだ」と、バカにしていた。

その田舎で葬儀があり、A子さんは忙しい夫の代理で出席し、件《くだん》の弟と通夜の宴で隣り合った。酒が入ったせいか、弟はぽつりぽつりこんな話をはじめた——

「兄は子どものころ、飼っていた犬が隣人を嚙んだからと棒で殴り殺し、風呂場の窯で焼いた。ぼくが泣くと、臆病者と罵《ののし》られた」

「兄は海へもぐり、人間の頭蓋骨を拾ってきたことがある。おもしろがって机の上に飾ったので、ぼくが嫌がると、おまえみたいな弱虫は見たことがないと嘲笑《あざわら》った」

弟が嘘を言っているとは思えない。でも弟が語る「兄」なる者と自分の「夫」が同一人物とは、とうてい信じられない。帰宅したA子さんの眼に、彼はあるときはこれまでどおりの優しい夫、あるときはまた別人のように映り、いまだ真相を確かめることができないままだ。

B子さんの例。彼女は地方の大金持ちのひとり息子と恋愛し、典型的な玉の輿《こし》に乗った。彼の父親は代々受け継いだ広大な土地から上がる収入で生活し、生涯、まともな意味でただの一度も働いたことがない。若夫婦もまた父親がくれる金で優雅に暮らし、子どもも成人した。

ところが結婚25年目にして、父親が急死する。それまでの夫の仕事はといえば、地代の催促、数棟のマンションの見回りや駐車場の掃除（！）程度だったのだが、これからはそうもゆかないということで書類に目を通すことになった。そこで初めてB子さんは、彼が「登記」という漢字すら読めないことを知って愕然とする。

冗談としか思えないが、たとえば「郷ひろみ」という歌手の名前はテレビで見てわかっているが、「郷」を「ごう」と読む以外知らないので、「故郷」が読めない。教えればある程度覚えるから難読症ではなく、単に長年の勉強不足の積み重ねらしい。そういえば、結婚以来一度も書籍を手にした姿を見たことがなかった。雑誌は写真のところをぱらぱらめくるだけ、映画も洋画には行ったことがない。でも新聞は毎朝読んでいた、あれは何だったのかとB子さんは夫に詰め寄り、三面記事を声に出して読ませてみると、「たぶん小学校3年どまり」。

夫が卒業した高校、私大は、一族が関係していた学校なので、裏口入学だったのだろう。彼は見るからに金持ち坊ちゃん風で、カシミヤのセーターをゆったり着こなし、暖炉の前でパイプをくゆらせながら何時間でも黙ってただ椅子に座っていられるタイプで、彼女としてはそこが好ましかったのだが、あれは要するに何も考えていなかったのだと、今にしてわかる。寡黙なのも話題がないからにすぎず、「わたしは騙《だま》された」と憤る。しかしとりあえず腹を立てている場合ではないので、書類は全てコピーし彼女がルビをふり、意味も辞典を引いて教えてあげる、という作業で切り抜けている。いずれ実務は全て自分にふりかかってくるはずで、専業主婦だった身には荷が重い。

C子さんの場合はさらに深刻だ。共に研究職で、結婚7年目。子どもはいない。家事は平等にこなし、仲良く楽しくやっているとずっと信じてきた。ある日の夕方、いつものように夫が自分の書斎から出てきた、口紅を塗り、花柄のスカートをはいた姿で。そして宣言、「これからはぼくを女として扱ってほしい」。

「じゃあ、これからわたしは男かよ！」と言い返すどころではなく、唖然《あぜん》、茫然《ぼうぜん》、夫の女装のあまりにもサマになっているのを見れば、何を言っても無駄なことはすぐにわかった。以後ふたりは家の中では女同士として、外では今までどおり夫婦として、一見変わりなく暮らしている。

夫婦間に何の秘密もない、というのはセクシーさに欠ける。互いに謎をまとってこそ、愛は持続するに違いない。長く日夜を共にしてきて、ある時ふいに相手がそれほどまでに神秘であったと気づくのは、時に新たな愛の始まりにもなろう。

とはいえ今回のこの三つの悲喜劇は、謎というヴェールの存在すら知らなかった箇所にいきなり亀裂が走ったわけで、裂けた割れ目の向こうに見えた世界が何とも物凄《ものすさ》まじい。彼女たちは今、周りの書き割りがばたばた倒れた無惨《むざん》な舞台の上に立っているが、しかしその状況を人に語れるようになったという意味では、再生の意欲と逞しさが蘇《よみが》えりつつあるのかもしれない。

人生はまだ先が長いのだし。

（「文學界」二〇〇八年三月号）

名画で読む「骨」の物語

Ⅰ．スペイン・ハプスブルク家の場合

プラド美術館の至宝『ラス・メニーナス（＝官女たち）』（拙著『ハプスブルク家12の物語』参照）は、ベラスケスの目も眩《くら》む超絶技巧によって、3世紀以上にわたり世界中の人々を魅了し続けている。オペラの舞台を思わせる大空間に、スペイン・ハプスブルク家の幼い王女マルガリータ、侍女や臣下、キャンバスを前にした画家本人、そして中央の鏡の中には、国王フェリペ四世とその妃がぼんやり映っている。総勢11人。

かつてこれは、『王の家族たち』のタイトルで登録されていた。ここにいる者はみな王家の一員という意味だ。もちろん右端にいる小人症の男女も含む（フェリペは「きょうだい」と呼びかけていたらしい）。だがたとえ王にそう呼ばれ、着飾って同じ画面におさまっていても、金で買われた奴隷であることに変わりはない。慰み者あるいは道化と呼ばれた彼らは、王侯貴族の日常を活気づかせる役目を担っていたのだ。

右から2人目の女性はドイツ人で、名はバルボラ。骨の発達が悪く、成人にもかかわらず5歳のマルガリータ王女とさほど変わらぬ身長だ。胴体に比して頭部が大きく、手足が極端に短い。額が突き出て鼻の付け根が凹《へこ》み、手の中指と薬指のあいだが開いている（三尖手《さんせんしゅ》）。軟骨無形成症のこうした特徴を、ベラスケスはきわめて冷静な筆致で描き出している。

バルボラが着ている豪華な衣装をみればわかるとおり、肉体労働に酷使された一般奴隷に比べ、小人症の奴隷たちの取り扱われ方は格段に恵まれていた。市場における値段が高く、どの国のどの宮廷でもステイタスシンボルとして、また富の誇示として、需要が大きかったからだ。まるで現代のペットのように。

非人道的で残酷なこの時代、貧しい親は不自由な身体に生まれついた子を見世物小屋に売り払うことも多かった。たまたま宮廷に買われたバルボラは一生衣食住には困らず、その意味では幸運だったが、しかし幸福だったかどうかはわからない。彼女は

ディエゴ・ベラスケス
『ラス・メニーナス』
1656年、油彩、321×282cm
プラド美術館（スペイン）

王からマルガリータ王女へのプレゼントとして贈られた「きょうだい」であり、可愛がられたかもしれないがそれは主人のお情けや気まぐれの方向次第である。何ひとつ自由はなかった。

ベラスケスは、バルボラのほか、宮廷で暮らすこうした奴隷たちを数多く描いている。どの作品においても、蔑《さげす》みや笑い、妙な同情の視線などは微塵《みじん》もない。彼はただ人間というものを、卓越した把握力で丸ごと捉えたのであった。皮肉なことに、ベラスケス自身もある意味フェリペ四世の奴隷だったといえなくもない。「無能王」と呼ばれたこの王は、政治力は皆無ながら芸術への目は鋭く、若き天才を見出して宮廷画家に抜擢し、貴族でもないのに昇進させ続けた。そのことは、だがベラスケスの芸術的自由をそうとうに束縛した。彼はビジュアル的に何の魅力もない王族肖像を延々と描かねばならなかったし、官吏の仕事が忙しすぎて過労死してしまう。

では王族たちは？

彼らもまた——おぞましくも怖ろしいことに——血の奴隷であった。南国へ降臨した北方のハプスブルク家にとって、スペイン人との婚姻など論外で（マルガリータ王女の金髪碧眼《へきがん》、白い肌を見よ）、血の純潔を守るため延々と血族結婚をくり返さざるをえなかった。従兄妹《いとこ》婚など当たり前、現代人には驚きの叔父姪《めい》婚にまで至る。

フェリペ四世も祖父フェリペ二世も、自分の妹の娘を妃にし、系図は入り組み錯綜《さくそう》し、近交係数は果てしなく高くなる。他人同士の結婚による近交係数は0、親子・兄妹婚でできた子は0・25だが、マルガリータ王女は何と0・254と、異様な数値となっていた。当然ながら心身の健康度は低くなる。本作が描かれた数年後にマルガリータの弟、すなわち王太子が生まれ、この子が王朝を継ぐのだが子孫を残せず、ついにスペイン・ハプスブルク家は200年ほどで断絶したのだった。

『ラス・メニーナス』の美しさには、そんなさまざまな歴史が折りたたまれ、いっそうの陰影を添えている。ちなみにマルガリータ王女もこの10年後、オーストリア・ハプスブルク家の皇帝にして、自分の母親の弟である実の叔父のもとへ嫁ぎ、出産の床で子とともに22歳にならずして死んでいる。

（「O.li.v.e.」二〇一五年五月号）

Ⅱ．リチャード三世の骨

薔薇《ばら》戦争といえば、リチャード三世。リチャード三世といえば、シェークスピア。この天才劇作家がいなければ、５００年も昔にわずか2年王冠をかぶっただけのリチャードが、不朽の人間像として記憶されることはなかっただろう。

エリザベス一世の庇護を受けたシェークスピアなので、女王の祖父の仇敵だったリチャードを悪党に描くのは当然だが、その悪党ぶりがあまりに見事で、名調子に次ぐ名調子の台詞《せりふ》と相俟《あいま》って、彼の魅力は燦然《さんぜん》たる輝きを放ってしまう。『リチャード三世』において、シェークスピアはいったい悪を糾弾したかったのか、はたまた讃美したかったのか……。

リチャードは登場早々、己の身体をこう自嘲する。「おためごかしの自然にだまされて、美しい五体の均整などあったものか、寸たらずに切詰められ、ぶざまな半出来のまま、この世に投げやりに放りだされたというわけだ。歪んでいる、びっこだ、そばを通れば、犬も吠える。」（福田恆存訳）

肉体はそうでも、リチャードは自らの知略に自信たっぷりだ。でなければどうして自分が殺した男の妻にぬけぬけと言い寄り、わが物にできたろう。また急死した兄王には王太子もいるのに、どうして多くの味方を集めて末子の身で戴冠できたろう。彼は自分の欲しい物を知っており、得る術も知っている。だから邪魔者は情け容赦なく排除してゆく。すぐ上の兄を酒樽で溺れさせ、用済みの妻を毒殺し、悪事に加担させたスパイを騙し討ちにする。まだ小さな2人の甥《おい》だとて例外ではない。

『ロンドン塔の王子たち』（ドラローシュ画）は、リチャードに言い含められ一時的な避難場所だとしてロンドン塔へ入れられた、13歳と11歳の王子に迫る危機を描いた作品（拙著『名画の謎　陰謀の歴史篇』参照）。

大きなベッドの上で、兄弟は心細さに寄り添い、絵入りの聖書を読んでいた。突然飼い犬が吠え、弟はハッと肩越しに振り返る（一方、兄はまるで悲運を受け入れたような虚ろな眼つき）。扉の下に蠟燭《ろうそく》の赤い光と無気味な人影が見える。リチャードが差し向けた暗殺者に違いない。吠える犬がそれを告げる（「そばを通れば、犬も吠える」）。画家はシェークスピアを読み込み、しっかり作品に反映させたのだった。

何が起こったかは今もって不明である。ただ少年たちがロンドン塔入りし、そのまま忽然《こつぜん》と消えてしまったのは事実だ。1674年、すなわち薔薇戦争終結のほぼ200年後、ロンドン塔のホワイトタワーで子どもの白骨2体が見つかった。これぞ王子の遺骨だと当時の人々は信じてウェストミンスター寺院に葬ったが、証明されたわけではない。

それよりはるかにビッグニュースが、2013年世界中の歴史ファンを沸かせた。レスター大学研究チームが地元の駐車場から発掘した遺骨を、DNA鑑定でリチャード三世自身と確定したのだ。脊柱側彎《そくわん》症の症状を呈したこの遺体は、頭蓋骨にヒビが入り、背骨に金属製の矢尻が刺さっていたという。明らかに戦場での致命傷だ。

リチャード三世は薔薇戦争での天下分け目のボズワース戦で、果敢に剣をふるって斃《たお》れた。シェークスピアもリチャードの雄々しさに、かの有名な台詞を与えている、例の「馬をくれ、馬を」だ。

「この骰子《さい》の一目に命を賭けた俺だ、目が出るまでは退かぬ。リッチモンド（＝後のヘンリー七世）の奴、六人もいるらしいぞ、もう五人殺した、みんな影武者だ。馬をくれ！　馬を！　代りにこの国をやるぞ、馬をくれ！」

戦後、ヘンリー七世は敵を手厚く葬ったということになっているが、とんでもない、リチャードの死体は裸に剥《む》かれて晒《さら》され、レスターの教会の聖歌隊席に埋められた（なんたる侮辱）。やがてその教会は取り壊され、場所の特定もできなくなっていたのを、研究チームが古地図を頼りに現在の駐車場だと突き止めた。その際、リチャードの肉体的特徴も見分けるのに役立ったであろう。

歴史は勝者が記す。果たしてリチャードは新王朝が言いたてたように、極悪非道の鬼であったのか。

いや、そうではない、実際は善王だった、ロンドン塔の王子たちの死もリチャードの死後である、そう唱える学者も少なくない。今回の遺骨発見が、さらなるリチャード三世研究に弾みをつけるのは間違いない。

（同八月号）

Ⅲ．骨なしヴァランタンとロートレック

19世紀末のパリ。小高いモンマルトルの丘では、かつての僻村《へきそん》の名残たる風車をトレードマークにしたキャバレー「ムーラン・ルージュ」（「赤い風車」の意）が大勢の客を引き寄せていた。人々は着飾って酒を飲み、ホールで踊り、娼婦を物色した。何より熱狂したのは、プロのダンサーたちが踊るダイナミックで猥雑《わいざつ》なシャユー（＝カンカン）だった。

開店はエッフェル塔が建設された年と同じ、１８８９年。2年後にはロートレックのポスター『ムーラン・ルージュのラ・グリュ』が発表されて大評判となり、店の人気に一役も二役も買った。「ポスターを芸術の域へ高めた」と讃嘆《さんたん》されたこの4色刷リトグラフは、文字、人物、色彩の配置が大胆、かつ斬新で、今なおデザイン性の高さと魅力を失っていない。

中央で足を高く上げ、スカートをひるがえして激しいカンカンを踊るのが、タイトルのラ・グリュ（「大食い」の意）。モンマルトルのスター・ダンサーだ。手前には相手役の特異なシルエット。極端な鷲鼻、突き出た顎、山高帽をかぶり、どこかくねくねし

て見える。彼もまたダンスの名手として知られていたが、どれほどアクロバティックに踊ったかは、そのあだ名を聞けば想像できる。「骨なしヴァランタン」というのだった。

本ポスターで一躍脚光を浴び、その後も骨なしヴァランタンを何度か描いたロートレックは、自身、骨に難を抱えていた。

正式名は、アンリ・マリー・レイモン・ド・トゥルーズ＝ロートレック＝モンファ。８世紀のシャルルマーニュ（カール大帝）時代までさかのぼれるほど、名門中の名門伯爵家の御曹司《おんぞうし》。おそらくプロの画家としては、空前絶後の身分の高さだ。領地管理は別として、実質的な労働で金銭を得るのは恥と思う大貴族が、いったいどうして画家になったかといえば、これまた骨に関係している。

ロートレックの身長は、せいぜい１５２センチ程度。ただし生まれつきの小人症ではない。上半身はごく普通の成人男性なのに、下半身がまったく成長できず極端に短い。写真も残っており、尊大な父親にとっては期待外れの息子だったろうし、本人も階級と身体の齟齬《そご》に激しく悩んだはずだ。何しろヨーロッパでは、日本のいわゆる「蒼白《あおじろ》きインテリ」の存在は認めず、エリートは頭脳明晰と頑健な肉体がセットというイメージがある。背の高さは地位身分の証なのだ。そこから外れるのは辛《つら》い。

しかしロートレックの場合、まさにその不幸のおかげで自由を得、好きな絵の道へ進むのを許された。もし彼が普通の体格であったなら、伯爵として長生きはしても歴

アンリ・ド・トゥルーズ＝ロートレック
『ムーラン・ルージュのラ・グリュ』
1891年、リトグラフ、191×117㎝
トゥルーズ＝ロートレック美術館（フランス）

MOULIN ROUGE
MOULIN ROUGE
MOULIN ROUGE
CONCERT
BAL
TOUS Les SOIRS
LA GOULUE
H Lautrec
MOURLOT-IMP H. DESCHAMPS-LITH.
Affiches Américaines CH.LEVY-10-Rue Martel-Pa

史に名は残らず、フランス美術史も欠落感を覚えたことだろう。

ロートレックの年表では、14歳で椅子から落ちて左大腿骨《だいたいこつ》骨折、15歳で道端の溝にはまって右足を骨折し、以後成長が止まったと書いてあることが多く、転倒が原因のように誤解されがちだが、そうではなく、逆だ。濃化異骨症に罹患していたため、骨折しやすかったのだ。これは常染色体異常による、きわめてまれな遺伝性疾病であり、名家に多い血族結婚が（連載第1回で書いたハプスブルク家と同じ）原因とされる。ロートレックの両親も従兄妹婚であった。

肉体的ハンディにより上流階級に溶け込めず、中産階級にも溶け込めないロートレックは、ダンサーや娼婦、サーカス芸人といった下層階級に受け入れられた。彼らもまた自分の居場所に違和感を抱く人々だったから、互いを理解しやすかったのかもしれない。ほかの画家なら踏み込めないような彼らの日常へ深く入り込み、裸の下半身をさらして性病検査に並ぶ娼婦や、レズビアンの生態までも生々しく描いた。達者な絵筆でリアルに表現されたそれらの作品は、当時のパリの深い闇の部分を容赦なく抉《えぐ》る、まさにゾラの小説の絵画版といったところだ。

ロートレックは長生きできなかった。毎夜の深酒が肉体を蝕《むしば》んでゆき、アルコール中毒と梅毒で36歳の短い命を終える。

（同十一月号）

Ⅳ．頭蓋骨は何を語る？

人間は何にでも序列をつけたがるようで、かつては絵画芸術までジャンルによって格付けしていた。歴史画（宗教画、神話画を含む）は知的で道徳性も備えたハイアートだとしてトップに置き、次いで肖像画、風俗画、風景画、静物画の順だ。

現代人にはナンセンスに思われるが、アカデミックな世界で出世するには大問題だったし、作品の売買価格にも影響した。そこで下位ジャンルの画家たちは、自作のステイタス・アップのためさまざまな工夫を凝らすようになる。肖像画なら背景に歴史的事件をはめ込み、風景画の場合はたとえ小さくでも神々を描き入れる、というように。

静物画もそうだ。「生きた自然」ではなく「死んだ自然」を扱い、精神ならぬ物品の魅力を描くがゆえに貴《たっと》からず、と見放されがちなので、逆手を取って物そのものにキリスト教的比喩を散りばめ、中世以来のヴァニタス（＝「虚栄」「人生の虚しさ」「現世の無常」といったテーマ）を前面に押し出すことで、知的かつ道徳的な絵画であることを強調してゆく。

17世紀オランダの画家ステーンウェイクによる『人生のはかなさ』を見てみよう。ヴァニタスという主題の何たるかが、典型的にあらわれている。

何の素っ気もない木製机の上に、さまざまな品物が無雑作に積み上げられている。画面左の大きな空間と、左から右へ行くに従って堆《うずたか》くなる品々、また背景は前者が明るく、後者は暗い。これだけでもう精神性（＝善）と物質性（＝悪）の対比となっている。

右端には大きな水瓶。水は生命になくてはならないものだ。そのすぐ隣には、洋ナシ型の大きく膨らんだリュートが伏せられている。図像的には恋人がこの楽器を奏でる例が多い。さらにその横には、金色に輝く不思議な形の

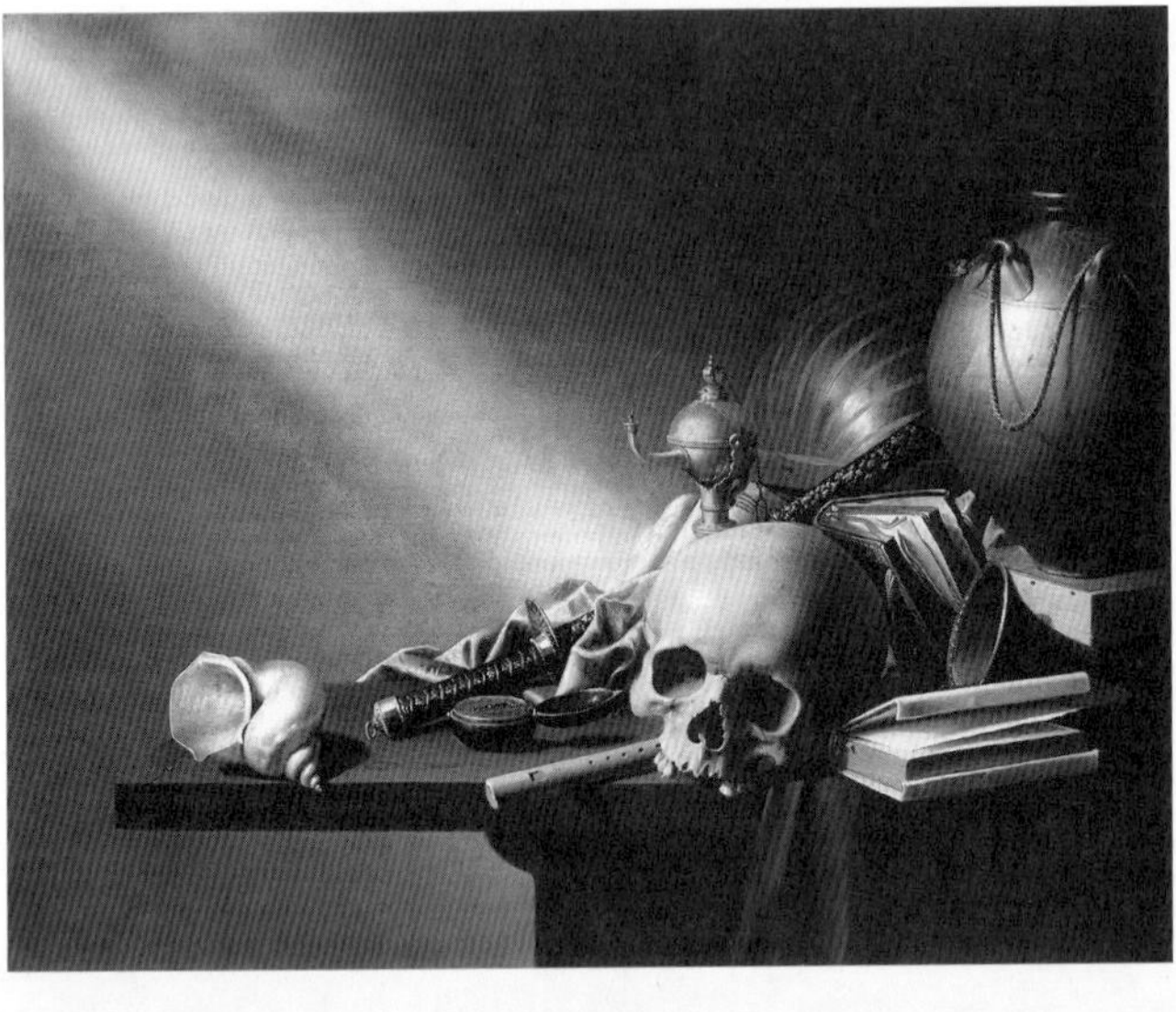

ランプ。だが目を凝らすと、火は消えている。煙が一筋うっすらと立ちのぼる。

何冊も重なる書物が、知識や学問のシンボルなのは自明であろう。書物のそばに楽器がもう2つ見える。ショーム（オーボエの原型）とフルートで、これらは感覚の歓びを示すアイテムだ。華やかなピンクのシルクも同様である。このシルクの上には、何と日本刀がある。刀剣といえば、古来、戦士の持ち物で、権威の象徴にして法の執行の象徴だ。柄のわきには、蓋のあいたクロノメーターの懐中時計。まさに時を告げる。左端には美しい貝殻。現世の富のシンボル。

だが主役はもちろん頭蓋骨だ。左上から差し込む天上的な光も、スポットライトのようにこの頭蓋骨を照らしている。シンボルというのは文化や地域によって異なることが多いが、骸骨や頭蓋骨は世界のどこであっても一目で死の象徴とわかる。なぜならどんな生きものであれ、骸骨となっては生存不可能だからだ。まして胴体から離れた頭蓋骨ときては、どこからどう見ても100パーセント死んでいる。

本作の頭蓋骨はとくに存在感が強い。ちょっと斜めになり、不敵な面構え（?）で、机の端を齧《かじ》っているようでもあり、見る者を嘲笑っているよ

ハルメン・ステーンウェイク
『人生のはかなさ』
1640年頃、油彩、39×51cm
ロンドン・ナショナル・ギャラリー（イギリス）

うでもある。

頭蓋骨、すなわち死が真ん中にでんと鎮座していることで、周りのすべてが否定される。命の水も、恋や感覚の歓びの源たる音楽も、知識も、富も、権威も、すべてが虚しく儚《はかな》く、束の間の出来事に過ぎず、ランプの火のごとく消えてしまうというわけだ。せっかく異国の高価な珍品を集めても、時計がコチコチ進めば終わり……。

ヨーロッパではこのようなヴァニタス絵画が山ほど描かれてきた。全人口の3分の1を死滅させた中世のペスト禍の影響が大きいと言われる。そしてこうしたメメント・モリ（=死を忘れるな）には、必ずといっていいほど骸骨ないし頭蓋骨が登場する。絵画ばかりでなく、実物の骨を大量に飾った骸骨寺も各地にあるし、書斎に頭蓋骨を置物とするのが流行した時代もあった。日本人としては「死者を冒瀆《ぼうとく》しているのでは」と驚くほかないが、彼らに言わせると遺体を焼却するほうが残酷の由。

これこそが風土による感覚の違いなのだ。日本は酸性土壌だが、あちらの大地は石灰質のアルカリ土壌で骨が溶けない。要するに見慣れている。見慣れると怖くない。従って本作も自宅の居間に飾って鑑賞できる。彼我の差は何と大きいことか。

（同二〇一六年二月号）

ナイチンゲールの場合

　かつて「働く女性」が軽蔑されていた時代があった。働くのは働きたいからではなく、働かねばならない惨《みじ》めな境遇だからと考えられていた。男性に頼らず自立したいとか、自己実現を目指して、などという女性の思いは歯牙《しが》にもかけられなかった。

　そんな風潮が殊のほか強かった、イギリスはヴィクトリア朝時代。がちがちの階級社会の上層に位置した女性たちは、父の財産に守られて育ち、次いで夫の財産に守られて暮らし、最後は夫の遺産に守られて余生を過ごすのが「真っ当な道」と強制された。許されるのは、ボランティア活動に限られていた。

　富裕なジェントリー階級ナイチンゲール家の次女フローレンスが、看護婦になりたいと夢を語ったとき、周りの誰ひとり本気にしなかったのも無理はない。まして当時の看護婦といえば、何の知識も技量もいらない末端の召使であり、不潔で下品な飲んだくれの老女、と見做されていた。事実、老いた娼婦が看護婦になる例が多かった。「白衣の天使」というイメージは、まだどこにもない。それは他ならぬナイチンゲール自身が、このさき創りあげてゆくイメージなのだ。

それにしても、運命を切り開くエネルギーというのは、いったいどこから来るのだろう。そもそもナイチンゲールはどうやってこの道を我が道と知ったのか、伝記作家ストレイチーの言うように、それは「神秘的衝動」だったのだろうか？

時代の制約の厳しさを考えれば、ナイチンゲールが病院で働ける可能性はほとんどなかった。それでも決して諦めなかった。親族と険悪になりながらも、少しずつ味方を増やし、夢に向かってじりじり前進した。時間はかかった。33歳でようやく——その2年前の日記には「このままなら死んだほうがましだ」と絶望的になりかけていたのだが——慈善看護ホームの婦長職に就くことができた。

そこからは人も知るとおり、クリミヤ戦争の従軍看護婦として、「灯火を持つ貴婦人」として、ヨーロッパ中に盛名を馳せる。

面白いのは（いや、面白くないと言うべきか）、日本に見られるナイチンゲール像の矮小化《わいしょう》化である。少年少女向け読み物において、彼女はあたかも幼子を看病する慈母のごとき存在として語られてきた。ところが実際には、「病棟を見回る白衣の天使」だった期間はごく短いし、後に彼女に奉られた異名は「足るを知らず怒れる者」だった！

ナイチンゲールがほんとうにやりたかったこと、そしてやりとげたことを列挙しよう。クリミヤ戦争で知った陸軍組織の不完全性に関する報告書を政府に提出、抜本的組織改革への道を拓く。同時に軍隊の衛生管理改革を推進。看護学校を設立し、専門知識を持つ看護婦を養成。自らの名を冠した記章を制作（今も世界中で使われている）。図表を工夫するなどデータの視覚化を図り、統計学の草分けとなる。論文や著作は合計150以上。87歳でメリット勲章受章。

つまりナイチンゲールは、看護婦というより実戦能力の高い学者だった。言い方を変えれば、学識ある経営者だった。政治力ある医療従事者だった。

その実績はもっと日本人に知られてしかるべきだろう。

（「プライヴ」二〇一三年春号）

第二章

人を知る
人を見る

I. 幸運の前髪

明けましておめでとうございます。

今日から毎週木曜日、半年間のおつきあいをどうぞよろしく。

さて、新しい年を迎えるたび、今年はどんな人が幸運をつかまえるのだろう、と考える。西洋美術の本を出している身としては、幸運とは即《すなわ》ち、ローマ神話のフォルトゥナ（＝フォーチュン）のことだが。

フォルトゥナの伝統的図像は、いったい誰が思いついたやら、実に突飛《とっぴ》で面白い。若いヌードの女性である。猛禽類《もうきんるい》の翼を持っている。それなら飛べばよさそうなものを、サーカスの玉乗りよろしく球体に乗り、ゴロゴロころがしながら猛スピードで近づいて来る。不安定に蛇行するのは目隠しをしているせいだ。前髪は長く、トサカのように立っている。幸運を得るには、この前髪をすばやくつかまなくてはならない。

ちなみに毛髪のシンボル性は、旺盛な生命力。「絶好のチャンス」を物にするというのは、「幸運」のエネルギーを取り込むということ。

いざフォルトゥナを目の前にした時、裸体にたじろいだり、手を伸ばすのを躊躇《ちゅうちょ》したらおしまいだ。あっという間に通り過ぎてしまう。背を向けられれば為す術《すべ》はない。なにしろ後頭部はツルッパゲ！

こうしたイメージは、チャンスというものの予測しがたさ、非情さ、気まぐれを、実にうまくあらわしている。幸運の女神自身どこへ向かっているかわからず動いているのだから、迎える側がふいを突かれるのは当然だ。また女神は目隠ししているため善悪の区別もつかず、自分を捕まえたものなら誰彼かまわず幸運を与える。判断せず、反省せず、人間社会のことなど知ったことではない。時に極悪非道の輩《やから》が妙にラッキーだったりするのは、そういう次第。

ロシアの女帝エカテリーナ二世は、生涯に2度のビッグチャンスを手にしている。ドイツの小貴族の娘で、末は同じような貧乏貴族に嫁がされて田舎で終わる定めに見えた彼女が、14歳でロシア皇太子妃候補になったのは、母親の亡兄がかつてロシア皇女の婚約者だったというだけの、信じがたいほどささやかな理由だった。彼女はこの機を逃さず、迷いもためらいもなく、わずかばかりの下着を詰めたトランクとともにペテルブルク行きの馬車に乗り込んだ。前髪をつかんだ瞬間である。

2度目のチャンスは20年後。世代交代で夫が皇帝になり、このままでは不仲の彼に幽閉されるかもしれないと、先に行動を起こしたのだ。クーデターは成功し、夫を殺して自ら王冠をかぶった。以後絶対君主として君臨し、ロシアの強大化に成功したのは、人も知るとおり。

これほどのチャンスは稀《まれ》として、存外この世には大小さまざまな幸運の女神がうろうろしているのではなかろうか。ただし目隠しした裸の女性が球体に乗って突進してきた時、多くの人は驚き、戸惑い、はたして幸運か否か、まずは確かめようとする。それでは遅いのだ。知恵や度胸が必要などと言っている場合でもない。思案したり決断したりする暇すらない。

大事なのは、瞬時にチャンスと見抜く勘の良さ、そしてすかさず前髪をつかむ反射神経、これを日頃《ひごろ》から鍛えておくことかもしれませんね。頑張りましょう。

（日本経済新聞夕刊連載「プロムナード」欄二〇一七年一月五日）

Ⅱ．1月の神さま

ヨーロッパの多くの国で「1月」の呼称は、古代ローマの男神ヤヌス（Janus）を語源としている。

英語（January）ドイツ語（Januar）フランス語（Janvier）はもちろん、スペルの違いで別ものと思われがちなイタリア語（Gennaio）やスペイン語（Enero）などもそうだ。

ヤヌスとは一体どんな神か？

本来は門や入り口を見守る神、ひいては物事の始まりを司《つかさど》る神とされる。なんとならば門は――橋に似て――移行をも含むからだ。つまり、こちらとあちら、此岸《しがん》と彼岸、日常と非日常の境に建つ門は、くぐれば先には見知らぬ神秘の世界が広がっている。新たな始まり、さらなるステージ、言い換えれば未来だ。

かくして1年の初めの月「1月」は、ヤヌスに捧《ささ》げられた次第。そしてヤヌスは過去と未来の2つながら見通す神として、その後頭部にも顔を持つ双面の姿で門前に飾られることとなった。

絵画の中でヤヌスが正面から描かれることはほぼ無い（当たり前の話で、それだと後ろに顔があるかどうかわからない）。そこで左右に横顔がくっついた形で表現される。2つの顔はそっくり同じ場合と、一方は若者、他方は老人の場合がある。

さて、この面妖な神はいったいどんな活躍をするのか？

神話に登場する人間くさい神々は、好色なゼウスを筆頭に、我が子を喰《く》らうサトゥルヌスやら目隠しをしたまま恋の矢を射まくる迷惑なキューピッド、ワイン造りをヨーロッパに広めて酩酊《めいてい》の悦楽を教えたバッカスなど、多彩な物語を紡いでいる。顔が2つもあるヤヌスならさぞかし、と期待すると全然そんなことはなくて、彼には特段のエピソードが残されていないのだった。

門に張り付かねばならず、動きまわれないせいだろうか。後頭部にも顔があるので寝るとき大変だった、という苦労話もない。

そもそも双面が前後のみだと、眼を向けるのは「過去」と「未来」だけ。「現在」を見ない、あるいは「現在」に関心がないのかもしれない。現在は瞬く間に過去になり未来となるのだとしても、神に軽んじられる「現在」はいささか気の毒。

どうもヤヌス神にはよくわからないことが多い。「始まり」を司るのだから、この神なしには始まるものも始まらず、世界はフリーズしてしまうのだろうか。いずれにせよ神さまに大いなる現世御利益を求める日本人（いや、私）には、かなり物足りな翻《ひるがえ》って、日本の1月の別称は「睦月《むつき》」（陰暦）。語源は——異説もあるが——

「睦《むつ》び月」、即ち、普段は疎遠だった人とも新年を迎えて親しく睦み合う、というところからきているらしい。

何とやさしい大和言葉。何とやさしい古《いにしえ》の日本人たち。

年の瀬に除夜の鐘を聴いて煩悩《ぼんのう》を払い、すがすがしい気持ちでお正月を祝う。祖霊たる年神様を迎えるために門松、注連縄《しめなわ》、鏡餅は前年から用意しておく。高い山からこの時だけ下りて来る年神様は、今年の安寧を約束してくださる。

それでもまだ足りないとばかり、七福神巡りや地元の神社へ参詣し、あれもこれもどうぞよろしくお願いしますと両手をあわせ……あれれ、煩悩を払ったのを忘れていた！

（同一月十二日）

Ⅲ．親にわかってもらう

ロビン・ウィリアムズが『グッド・ウィル・ハンティング／旅立ち』（監督ガス・ヴァン・サント）でアカデミー賞を受賞した時のスピーチには笑った。亡き父親に感謝の言葉を捧げ、さらに続けて曰《いわ》く――ぼくが役者になりたいと言ったら、素晴らしい考えだ、でもいちおう溶接工の資格も取っておいたらどうかな、と励ましてくれたよね。

ウィリアムズはお世辞にも容姿に恵まれているとは言えず、親の目からはとうていハリウッドで勝ち残れるとは思えなかったのだろう。

我が子の才能を見抜くのは難しい。まして自分の知らない芸術分野ならなおさらだ。そうした世界では競争は熾烈《しれつ》だし、才能の他に強運も必要だろう。手放しでは賛成しにくい。子どもには幸せになってほしいが、しかしその幸せは波風たたない安全航路上でのことと、ふつうの親は思うのだ。

そんな親子の、それぞれの葛藤と愛を描いた必見の名画が、『リトル・ダンサー』（監督スティーブン・ダルドリー）。

舞台は1980年代半ばのイギリス。サッチャー首相が赤字の炭鉱を閉鎖しようとして、各地で死者まで出す労働争議が起こっていた時代だ。父はストライキ派の炭鉱労働者で、生活は苦しい（母はすでに他界）。そんな中でも11歳の息子ビリーをボクシング・ジムに通わせ、男らしく強くなってほしいと願っている。自分と同じ肉体労働につくのが自然の流れと漠然と考えていた。

一方ビリーはそのお金でこっそりバレエを習っていた。バレエという芸術表現こそが自分の生きる意味だと、感覚的にすでに知っていた。しかしまだ幼すぎて、言語でそれを説明することができない。ある日、秘密はばれる。怒り心頭の父を前に、どう説得したらいいのか。

そこからのビリーの爆発は、映画史上屈指の感動シーンとなる。彼は言い訳などせず、いきなり踊りだす。言葉では説明できないバレエへの情熱、美への渇望、理解されない怒りと苦悩を、持てる技量の全てを込めた激しいステップで刻む。未熟だが独自の世界。無限の可能性を秘めた、長い、訴えるようなダンスだ。

踊り終わって放心するビリーと同じように、父もまた放心していた。無学で芸術とは無縁だった父は、男が舞台で踊ることに偏見を持っていたし、ダンスをふしだらな遊びと思い込んでいた。いま彼は、それまで知らなかった世界に触れた。芸術の神髄に触れた。息子が自分とは住む世界が違うことを知った。

無口な父はその場では何も言わないが、ある決心をする。息子が全身全霊で訴えてきたことに応えようと決めたのだ、たとえ節を曲げ、ストライキ仲間を裏切ってでも、我が子の夢を叶《かな》えてやりたい。

映画はさらに一波乱も二波乱もあるものの、全編は父子の愛に貫かれ、見終えて誰もが幸福感に満たされるだろう。ある意味これは奇跡の物語なのだ。なぜなら歴史が語るように、現実は——父が息子の新しい挑戦を理解することはめったにない。

基本的に、親というものはわかってくれないものなのだ。これまでもそうだったし、これからもそうだ。そうやって親子は生きてゆく。ビリーの父のような例は稀だ。だから見る人の胸を熱くする。かくありたい、と。

（同一月十九日）

Ⅳ．消えた時間

二〇一七年の元日が「うるう秒」の設定日にあたり、いつもより1秒分だけ長かったことがニュースになっていた。わずか1秒とはいえ、心臓の鼓動がドクンと1回、ハチドリの羽ばたきなら平均55回と、何やら得した気分。少なくとも減るよりはいいのではないか。

というのも、かつて時間が消えて大騒ぎとなった実例があるのだ。イギリスの諷刺《ふうし》画家ホガースが、『選挙の饗宴《きようえん》』で取り上げている。立候補者から飲食の接待を受ける人々を描いた皮肉たっぷりの作品だが、画中にデモ行進用の旗が出てきて、そのスローガンに曰く、「俺たちの11日分を返せ」。

ユリウス暦からグレゴリオ暦への改定で、1752年9月2日の翌日がいきなり9月14日へ変更され、間の3日から13日までの11日分が消滅してしまう（当時のカレンダーに残っており、今見るとシュールだ）。悪徳雇用主も多かった時代だから、労働者は自分たちの賃金を騙《だま》し取られたと思い、失われた11日分を返せと、各地でデモや暴動を起こしたのだ。

日本における明治時代の改暦は陰暦から太陽暦だったが、ユリウス暦もグレゴリオ暦も共に太陽暦だ。前者はローマ帝国のユリウス・カエサル（かのシーザー）が紀元前から施行させ、ヨーロッパ中に広がった。ただし太陽は人間の都合などいっさい斟《しん》酌《しゃく》してくれないので、1年を365日＋アルファと定めても、このアルファ部分で128年毎《ごと》に1日の誤差が出た。1000年以上経《た》つうち現実との齟齬《そご》が看過できなくなり、ついに16世紀後半、新暦誕生。それがグレゴリオ暦である。

この暦はなかなかの優れもの（だから現代のグローバルスタンダードになった）。うるう年を調整することで、ずれは3000年に1日程度ですむ。しかし当時の世界がすぐ飛びついたかといえば、そうではなかった。制定したのがカトリックの大本山ヴァチカンの、ローマ教皇グレゴリウス十三世だったからだ。

宗教は時に利便性をも凌《しの》ぐ。グレゴリオ暦が制定された1582年から数年以内に、ヨーロッパのカトリック圏（スペイン、フランス、イタリア、ポルトガルなど）が採用完了したのに対し、プロテスタント圏は頑強に抵抗し続ける。オランダ、ドイツ、デンマークが受け入れたのは、何と1世紀以上も経た1700年だった。

イギリスがさらにその半世紀後まで粘《ねば》ったのは、グレゴリウス十三世がエリザベス一世廃位に暗躍した歴史も一因だろう。あんな教皇が関わった暦なんぞ意地でも使うものか、とそっぽを向き続けてとうとう首が痛くなり、降参。導入後、消えた時間の労働争議を収拾するはめになったのは、先述のとおりだ。

総じて日本人は宗教問題に関心が薄く、世界史の授業でもカトリックとプロテスタントの違いについて詳しく教えない。両者が何世紀にもわたり、文字どおり血みどろの戦いに明け暮れていたことなども、さらりと触れる程度だ。まして暦にまで影響を与えた事実は教科書にも載っていない。少なくともわたしは高校の授業で習わなかった……気がする。

それとも習った時間が消滅し、記憶も失われてしまったのだろうか。だとしたら、「わたしの3年分を返せ」!?


（同一月二十六日）

V. 男性の首ぐるり

美女が前からやって来る。よく見たい。もっと見たい。ずっと見続けていたい。哀《かな》しき本能の命ずるまま、もとい、美を追求する高尚な精神のなせるわざで、男性は通りすぎようとする彼女の姿を、首をぐるぐるとめぐらせて見送る。フクロウのように180度回転することができたなら、絶対にそうするだろう。

男の隣を歩く妻（ないし恋人）にとっては、実に腹立たしいし、何より不思議でしょうがない。一体全体どうしてこんなわかりやすい反応をするのか。横目で見れば十分ではないか。それをわざわざ首をまわすものだから、こっちだって知らぬふりもできず、嫌みの一つも言いたくなる……。

映画やテレビドラマ、そして現実にもひんぱんにある光景なので、傍《はた》からは笑える。わたしも笑った経験がある。

高校時代、雛《ひな》人形のような友人といっしょに帰宅途中の出来事。同じクラブの先輩男子が自転車で通りかかり、わたしに「やあ」という感じで軽く手を振り、次いで美女の友人に目を移す。彼女を見るのは初めてだった彼は、この瞬間、最大限に瞳孔《どうこう》が開いたようだ。

けれど田舎の昔の高校生なので、自転車のスピードをゆるめるとか降りて話しかけるといった高度なテクニックを使えるわけもなく、たちまち通りすぎ、しかも首は回しっぱなしなので、案の定、すぐ先で派手に転んで美女に恥をさらし、美女ならぬ下級生（わたし）の爆笑を買う結果に終わったのだった。

今にして思えば、車の往来がほとんどない道でよかった。こうやって怪我《けが》をした男性が、古来どれほどの数にのぼるか、誰か統計を取ってはいかがだろう。

さて、路上でのこの「悲劇的事件」からしばらく後、何かの本で次のような学説を知った。男女で物の見え方に大きな差があるというのだ。男性は空間把握能力が高い代わり、水平方向へ視野を広げるのが苦手な由《よし》。女性はその逆。

きちんとした裏付けのある学説か定かでないものの、妙に説得力を感じた。たとえば女性は（あくまで一般論だが）バックでの車庫入れが得意とは言えない。男性からすると、女は奥行きを目測できない哀れな生きものということになる。

反対に男性は冷蔵庫を開けた時、ドア部に入っているコーヒー缶を見つけられず、ほぼ必ず「無い」と言う。女性からすると、男はすぐ横の物さえ見つけられない哀れな生きものだ。

つまり美女とすれ違う時、女性は横目でちらりと見るだけで相手の値踏みを終え、

「わたしの勝ちだわ、おっほっほ」、あるいは「敗《ま》けた、とほほ」となる。一方、男性は対象が視野の真横近くなるに従って見えにくくなるため、「あ、すごい美人だ。横顔もそうかな。確かめなくては」と、首を回転せずにいられない。

眼球自体に男女差はないらしく、太古からの生活歴の違いが、得意不得意を形成していったという。遠くの獲物の位置を瞬時に測って槍《やり》を投げる男、手近の木の実を拾い、横目で赤子に注意をはらう女、その長い歴史が背景にあるというなら仕方がない。男性が首をぐるりとするのを世の女性は大目に見るべきだし、女性が車の後部に擦《す》り傷つけても勘弁してね！

（同二月九日）

Ⅵ・ベリベリ

　若いころアメリカ産ミステリが好きでよく読んだ。いろんな箇所に出てくる「枯草熱」という言葉に引っかかった。まだネットもない時代で、辞書にも載っておらず、周りに知る人もなく、読み方もわからないので「かれくさねつ」だと思っていた。

　さほど重要な場面に出てくるわけではない。でも主人公の父親が枯草熱でクシャミを連発するとか、恋人が目を真っ赤に腫らしながら「枯草熱なの」と台詞《せりふ》を吐くなど、アメリカ中にこの病気が蔓延《まんえん》しているらしいと想像できた。どうも命にかかわるほど怖くはなく、またあまりに当たり前の病気すぎて、説明するまでもないと考えられているようだ。訳注もない。

　どうにも不思議だった。おまけにクシャミを連発していた件《くだん》の父親は数ページ後にはケロリとしているし、さらに先のページではまたクシャミしながら枯草熱だと騒いでいる。その割に誰も再発という言葉を使わない。何だろう？　アメリカの風土病だろうか？

　かくするうち１９８０年代へ突入し、日本中でふいに「花粉症」の文字が躍りだした。その症状が何となくどこかで聞いたような気がしたが思い出せず、さらにしばらくたって、「かれくさねつ」ならぬ「こそうねつ」が、花粉症と同じものだということが判明。枯草熱という語は、牧草が枯れる時期に多く発症したための命名だということも知った。長年の謎が解けたわけだけれど、不愉快な病気が日本で蔓延したからこその謎解きだったのは悲しい。

病名に関しては、こんな例も――ドイツ語の本に「Beriberi」という言葉が出てきた。全く欧米語らしくない。発音もそのまま「ベリベリ」というのだから驚く（英仏語も同じ）。何だか異教的且《か》つ呪術的な、物凄《ものすご》く怖そうなイメージではないか。すると「脚気《かっけ》」だった。

要するに麦を食べる文化圏ではビタミンB1が自然に摂取されるため罹《り》患《かん》者は少なく、米食の文化圏で多発する（精米すると糠《ぬか》に入っているビタミンB1が消失する）。ベリベリはスリランカの公用語シンハラ語の「虚弱」という意味らしい。全身に倦怠《けんたい》感を覚え、末梢《まつしよう》神経が侵されて、死に至る。江戸時代には「江戸患い」と呼ばれ、徳川将軍の3人（家治、家定、家茂）の死因もそれだという。

「江戸患い」も「脚気」も適切な病名とは思えない。前者は参勤交代で江戸詰となり、白米を食すようになった武士の間に病が流行《はや》り、帰郷して玄米にもどると治ったところからの命名という。後者は症状が脚に出てふらつくところから、「脚」が病「気」

になる、とのこと。どちらも死に至る病の怖さが出ていない。「ベリベリ」なら、気をつけよう、命にかかわるぞ、という迫力が感じられるのに。

大正末期の最盛期には年間2万人を超す死者を出し、日本の亡国病の異名をとったこの病も、ビタミンＢ１失調が原因とわかって収束した。ところが豊かな現代の食生活が逆に極端な偏食者を増やし、患者はまた少しずつ増えていると聞く。

対策としてベリベリ使用を提案したい。お医者様から「脚気です」と言われるより、「なんと、あなたはベリベリ病にかかっておりますよ」と言われたほうが、ギョッとして闘病の意欲も倍加するのではないだろうか（たぶん）。

（同二月十六日）

VII・異類婚の哀しみ

異類婚姻譚《たん》とは、動物などの異類と人間との結婚をモティーフにした説話のこと。「鶴の恩返し」や「浦島太郎（乙姫は亀）」、「はまぐり女房」や「安倍晴明伝説（母親が狐《きつね》）」がすぐに思い出されよう。

ヨーロッパにもあるが（「蛙《かえる》の王さま」「美女と野獣」など）、根本的なところで日本のとは違う。本性が異類なのではなく、もともとは人間で、魔法や呪いによって姿を変えられていたにすぎず、そのため最後は再び人間にもどることでメデタシ、メデタシの大団円が多い。人間中心主義に貫かれ、人間以外の存在を截然《せつぜん》と区別しているのがよくわかる。

日本の場合、河合隼雄氏によれば、人間とその他の生きものは混然としているという。人も自然の一部と考えるのだ。鶴や狐や花が自ら人に化けることもあろう、ただし本性と異なる姿に長く化身し続けるのは無理だ、との心情がどこかにある。全ての伝承が語るのは、異類の者が人間に寄り添うのは一時で、必ずいつかは去ってゆく。そこに得も言われぬ哀しみが生じる。異類婚姻譚の多くが切々と胸を打ち、忘れがたい余韻を残す所以《ゆえん》だろう。

山本周五郎の好短編『その木戸を通って』も、神隠し伝説をからめた異類婚姻譚ではないだろうか。全くの私見ながらそう思う。物語は——

若い侍のもとへ、見知らぬ娘が現れる。記憶喪失なのに、なぜか彼の名だけは知っていた。着物は泥で汚れていても、立ち居振る舞いに非の打ち所はない。いったんは騙《かた》りと疑って追い出すが、気の毒になって家扶《かふ》の夫婦に世話をまかせる。

娘は不思議なその魅力で周りの誰からも無条件に愛され、やがて侍の妻となり子を産む。あまりに幸せだからか、ふと侍は胸騒ぎを覚える。記憶が蘇《よみがえ》れば、妻は元の場所へ帰ってしまうのではないか。妊娠したばかりのころ、夢遊病のような症状を呈したこともあった。

また何事もなく月日は流れ、妻が家に来て4年を数えるころ、またも異変が起こる。夜中に庭へ下り、別人のような顔つきで「これが笹《ささ》の道で、向こうに木戸があって」と呟《つぶや》く。我に返った妻に、夫は思い切って聞いてみる、木戸を通ったら、その先に何があるのだ、と。

夫には恐れと、それ以上に期待があった。夫婦の絆は固い。子もいる。たとえ過去を思い出しても、妻がここを去ることはないはずだ。心配するのは終わりにしたい。さあ、思い出すのだ、その木戸を通ったらどうなる?

記憶はこの時はもどらなかった。けれど数日後、彼女は忽然《こつぜん》と姿を消し、大掛かりな捜索にもかかわらず、どこにも何一つ手がかりは残っていなかった。侍は咽《むせ》び泣く……。

物語冒頭、遊び人で出世主義者だった主人公は、いずこからかやってきた娘を、生活を侵害する迷惑な存在と見なす。だが共に暮らすうち深い愛を知り、周りに愛を与え、暮らしは満ち足りてゆく。同時に不安に苛《さいな》まれ始める。大切な者を失うのではないかとの恐怖が、通奏低音のように心の奥底に響く。妻の目にだけ見えている木戸の、その先には異界が広がっている。彼は薄々《うすうす》それに気づいていたのだ。

「その木戸を通って」という言いまわしが繰り返され、この小説を哀しみの色に染める。彼女は木戸を通り、永遠に飛び去って行った。

（同二月二十三日）

Ⅷ．どこまで長くなる？

絵画のタイトルを画家本人が決めるようになったのは、近代になってからだ。

それまでどうしていたかというと、ほとんどが特権階級からの受注なので、この城のこの壁に飾る歴史画を、あるいは政略結婚相手の宮廷に贈呈するため3割アップの肖像画を、また書斎にこっそり飾る小型のエロティックな神話画を、と注文されて、はい、できました、さあ、どうぞ、と渡すだけ。タイトルをつける必要などなかった。

ではタイトルは不要かといえば、そんなことはない。城には何百という部屋があるのでこちらからあちらへ移す時、嫁入り道具として持たせる時、売却する時など、財産目録として記帳しておかねば行方不明になるかもしれない。そこで——たいていは官吏や秘書らが——わかりやすいタイトルを付けた。

ベラスケスが描いたフェリペ四世の王女を例にとると、『バラ色のドレスのマルガリータ』『白いドレスのマルガリータ』『青いドレスのマルガリータ』と、無味乾燥ながら覚えやすく、後世の鑑賞者にとっては実にありがたい。

時代が変わり、画家も絵の購入者も増え、公共の美術館が生まれて誰もが名画を見ることができ、タイトルは画家が付けて当然と思われるようになる。水平線と垂直線の組み合わせでできたモンドリアン作『ブロードウェイ・ブギ＝ウギ』はまさにタイトルの勝利だし、ダリの無惨《むざん》に引き伸ばされた人体画『茹《ゆ》でたインゲン豆のある柔らかい構造』も、意味不明さがいかにも変人ダリらしくて面白い。

では本人が付けたのならそれでいいかというと、なかなかそうもゆかない例としては、レーピンの歴史画がある。彼が付けたのは、『ノヴォジェーヴィチ修道院に幽閉されて1年後の1698年に起きた、銃兵隊の処刑と召使の拷問の折りの皇女ソフィア・アレクセエヴナ』。もはや題名というより解説だ。しかも年号が間違っている。というわけで、今は『皇女ソフィア』が通名になった（拙著『怖い絵　死と乙女篇《へん》』をお読みください）。

タイトルは短いほうがいい。

ところが近年はどの美術館の学芸員もレーピン化（？）し、わざわざ長くしようと努力しているとしか思えない。ダヴィッド描くプロパガンダ絵画のお手本『アルプス越えのナポレオン』（26ページに掲載）は、『ベルナール峠からアルプスを越えるボナパルト』が正式タイトルだからと、著作に取り上げる際、校正のチェックが入る（従いませんが）。これなどは学芸員の陰謀で、自分たちの教養をひけらかし、素人との線引きを狙ったものではないかと邪推されても仕方がない。

同じくスーラの夢のように美しい点描画の代表作は、かつて『グランドジャット島』で知られていた。いつの間にか『グランドジャット島の日曜日』になり、今や『グランドジャット島の日曜日の午後』。無意味もここに極まれり。

賭けてもいいが、いずれこの作品は『グランドジャット島の日曜日の午後に、パリからやって来たさまざまな階級の男女が憩う様子』という、火曜サスペンス劇場みたいなタイトルになって、ルナールの詩「へび」をもじってこう歌われるに違いない。

「絵画のタイトル」

長すぎる。

（同三月二日）

Ⅸ. 思い込み、恐るべし

大学で西洋文化史や美術鑑賞の授業を持っていた時、絵を見るには知識と観察眼も必要と感じてもらうため、何の情報も与えず作品を見せて何が描かれているか想像させ、短文を書かせた。そのあと詳細な解説を行った上で、再び感想なりを記述させて提出、という流れだ。なかなか面白かった。

中でもJ・ブロック画『ヒュアキントスの死』に対する学生の反応が、教える側としては一番興味深かった。

画面は——

夕映えの丘陵をバックに、2人の人物が立っている。正確には、脱力して倒れかかる1人をもう1人が、いかにも愛《いと》おしげに支えている。美しい顔は光を浴び、正面向きの裸体は逆光に沈む。

黄昏《たそがれ》時の淡い色調の中で、西風に翻る赤いスカーフだけが唯一の濃い色だ。なよやかで丸みをおびた2人の身体の線が、思春期の若さを強調する。甘くロマンティックな雰囲気で、傑作とは言えないまでも人気の高い作品である。

ジャン・ブロック
『ヒュアキントスの死』
1801年、油彩、175×120㎝
サントクロワ美術館（フランス）

学生にはタイトルも教えない。美術専攻クラスではないので、ほとんどが初見という。だが画面にはいくつか手がかりがある。肩にスカーフをかけているだけで、戸外なのに何も身につけていないこと、古代ギリシャ・ローマ時代のサンダルを履いていること。これで神話世界と気づいた学生はかなりいた。

神話に詳しければ、さらにその先にも気づく。矢筒を背負っているのは、太陽神アポロン（後背の矢は太陽光線に見立てられた）。足もとに落ちている金色の円盤もまた太陽を示す。周りに咲く花は白いが、円盤の近くにある花だけが朱色だ。あからさまに血は描かれていなくとも、死を推測させる。

正解は――

アポロンは人間の子ヒュアキントスと恋仲になり、片ときも離れなかった。いつものように円盤投げ遊びをしていると、2人の仲を嫉妬した西風ゼフュロスが意地悪く突風を吹かせたため、アポロンの放った円盤がヒュアキントスの頭を直撃し、命を奪う。その際、白百合に似た花が血に染まって赤く変わり、ヒアシンス（＝ヒュアキントス）となった。

ブロックが描いたのは、息絶えた恋人をかき抱いて嘆くアポロンの姿だった。もちろん見ただけでそこまでわかるわけがない。学生には、わからない、ということをわかってもらいたかった。当時の発注者や鑑賞者は特権階級だったからギリシャ神話にも詳しく、ある意味、絵を読んで楽しむことができたのだ。

さて、それはそれとして、驚いたことには、200人近い学生の1割強がこう書いていた、「登場人物が恋人同士なのはすぐわかったが、どちらも男性ということに気づかず、先生の説明を聞いてびっくりした。さらにびっくりしたのは、絵をよく見ると、確かに男だった！」

先述したようにヒュアキントスは正面を向いており、逆光でやや暗いとはいえ、つくべきものがつくべきところにちゃんと描かれているのは見える。ところが学生たちは、恋人同士イコール男女、との思い込みに捉われ、見ても見えなかったらしい。思い込み、恐るべし。ところで本文を読む皆さまの中にも、もしかしてヒュアキントスをうら若き美女と思い込んだ方はいませんか？

（同三月九日）

X. 翻訳不能

ドイツ語の「ハンスとマリアはきょうだいだ」を漢字入り日本文にするのは難しい。どちらが年長かわからないからだ。翻訳の際は、とりあえずハンスを兄として「兄妹」と書いておく。読み進むうち、いろいろなヒントがでてきて逆とわかれば「姉弟」と直す。ヒントがないならそのまま放置（だってどうすりゃいい？）。

日本人が血縁関係の呼び名にこだわりすぎるのが（翻訳者にとって）諸悪の根源なのだ。ドイツ語では伯父と叔父は同じ単語だし、「いとこ」の範囲はやたらと広い。遠戚で年齢が近い場合ほぼ全て「いとこ」で片づける。歴史書なら系図を調べればいいが、小説ならお手上げなので、かなり適当に「従弟」「従姉」などと訳す（だってどうすりゃいい？）。

ツヴァイクの伝記『マリー・アントワネット』（角川文庫）を訳した時、ニュアンスが伝えきれないのに訳注を付けなかったのを未《いま》だ気にしているので、この場を借りて書かせてください。それはアントワネットに対する誹謗《ひぼう》中傷として使われた「オーストリア女」という呼称。そのまま訳せば、フランスへ嫁いできた異国人の意味でしかない。しかしそこにはさらなるニュアンスが、しかも2つもこめられている。アントワネットがお洒落《しゃれ》のアイテムとして、高価なダチョウの羽をひんぱんに使っていたのを同時代人は知っていた。ダチョウとオーストリアの発音はよく似ている。またダチョウは危険が迫ると頭部を砂に突っ込み、「頭隠して尻隠さず」状態になる愚かな鳥、と信じられていた。

つまり「オーストリア女」には、かつての敵国の女、贅沢《ぜいたく》三昧の女、馬鹿な女、という三重の意味があるのだが、一言では訳せなかった。

同じく、翻訳家が困り切った例としてよく覚えているのが、イギリスの短編ミステリ（タイトルも作者も失念）。内容は――

大戦中、ヒロインのイギリス女性が恋した男性は、ドイツのスパイではないかと噂されていた。注意深く観察していたが、完璧なキングス・イングリッシュで話し、振る舞いもイギリス紳士そのものなので、噂は間違いだと思う。やがて彼も彼女に恋した（スパイに恋はご法度です）。

2人は公園を散歩した。ロマンティックな夜である。男は言う、「月が出ていますね。〈彼〉はなんて美しいのだろう」。これを聞いた瞬間、ヒロインは相手がイギリス人でないとわかる。彼女にはドイツ語の素養があったのだ。

――何のことやら、と思われたかもしれない。翻訳家もきっとあれこれ訳文を工夫したものの、翻訳不能と諦めたのだろう。ページの欄外に、文法の説明を入れていた（だってどうすりゃいい？）。

ドイツ語の名詞には、英語にはない「性」がある。森羅万象全ての単語を男性名詞、女性名詞、中性名詞の3つに分類し、代名詞もその性に従う。「月」は男性名詞なので、「er」（英語のhe）で受ける。恋したばかりに油断したこのスパイは、月を「it」ではなく、ドイツ語をそのまま英語に置き換えた「he（彼）」で呼ぶ失敗をおかしたという次第。

何を言いたいかといえば、翻訳は難しいので多少間違いがあっても大目に見てくだされ、というのが今日のテーマでございます。

（同三月十六日）

XI. アートの商売人

現代日本人アーティストとしてもっとも国際的に活躍し、評価されているのは村上隆氏だろう。『五百羅漢図』に見られるように、魅力的だがきわめて癖のある強烈な作風なので、好き嫌いがはっきりするのはわかる。だが彼を「商売人」と批判する見方には違和感がある。

画家に対するこの言葉からは、三つの意識が透けて見える。一つ目は、商人は画家より「偉くない」との、まるで江戸時代を引きずっているかのような士農工商的意識。二つ目は、多くの人に支持される作品は価値が低いとの思い込み。三つ目は、本物の芸術家は——ゴッホのイメージで——世間的成功を目指さない、というロマン。

最初の二つについてはいつかどこかで書くとして、とりあえず三つ目についての誤解を解きたい。

幼児のお絵描きならいざ知らず、いやしくもプロの画家で、自作が売れなくてもよいと思う呑気者《のんき》はどこにもいない。自作に支払われる報酬の多寡は、評論家の褒め言葉よりずっと自信になる。ゴッホも同じだ。彼は売れないのに描き続けたのではなく、必ず売れると確信して描き続けたのだ。弟テオの画廊を通じ、売るための努力もしている。

そんなことは少し考えればわかることで、いかな芸術家であれ、霞《かすみ》を喰っては生きられない。作品が認められ、注文がとぎれなくなって初めて、高価な画材も買えるし、望むモデルも雇える。時間をかけて大作に取り組むこともできる。創造の幅が広がるのだ。

画家が小説家のように1人で制作するようになったのは——17世紀オランダの特殊な例を除くと——19世紀末の印象派の時代からだ。それまでは工房での仕事だった。助手や徒弟がおおぜいいて、顔料を練ったりキャンバスの枠作りをしたり、さまざまな登場人物の表情をスケッチしたり、背景を描くなど手伝った。

画家は彼らを束ねる社長であり、絵を教える教師であり、注文主を開拓する営業マンでもあった。おおぜいの雇い人の生活を支えるため、売れる作品の研究は必須だ。また購買者は特権階級なので、彼らが主題として求めてくる神話や聖書や歴史に精通し、教養もつけねばならない。

契約書を交わす際には、登場人物を何人にするか（少ないと値下げ）、彼らの手をどうするか（手や指を描くのはきわめて難しいと了解されていた）、どんな顔料を使うか、画面の何割を弟子にまかせるか、いつまでに仕上げるか、詳細に詰めた。王侯貴族はしばしば無理難題を押し付けてくるので、社長としては駆け引きも必要になる。

まさしく商売人だったのだ。

ボッティチェリもラファエロもブリューゲルもティツィアーノもルーベンスもレンブラントもダヴィッドも、その意味では皆、ストレスいっぱいの商売人だった。後世の我々がいま美術館で見ている傑作のほとんどが、そうやって完成された。

それを知って幻滅するだろうか？

しないと思う。なぜなら彼ら天才画家たちは、たとえ商売上請け負った仕事であっても、いざ取り組むといつしかそこを超え、どんどん超え、はるかに超え、創る悦びに没頭しただろうからだ。それでなくてどうして何世紀も後の、文化も全く違う人間の心まで鷲《わし》づかみにできようか。

芸術作品というのは、実に神秘の泉である。


（同三月二十三日）

Ⅻ・男の美学

アメリカのTV番組をいくつか勧めるエッセーを読み、中で『ブレイキング・バッド』（道を踏み外す、という意味らしい）が猛烈に面白そうなので、試しに1話見ると、完全に嵌《は》まってしまった。

まだシーズン2の3話までだが、早く次が見たい。でも仕事が滞るので泣く泣く我慢中。

50歳の冴《さ》えない化学教師が肺癌《がん》で余命わずかと宣告される。しかし妻のおなかには2人目の子がいるし、長男は障害がある。薄給なので家のローンも残っている。妻子を路頭に迷わせぬよう、短期間で1億円くらいは稼がねば。というわけで、彼は知識を生かして純度の高い麻薬を精製するが……という発端だ。

見どころはいっぱいあり、多くのファンが熱く語っているので、わたしは女性目線で感じたことを少し。

主人公は麻薬は作れても売りさばく術は知らず、仲介人に持ち込むものの、当然ながら相手は素人ではない。次々にとんでもない災難がふりかかる。脅され殴られ殺されかけるのを、持てる知恵と勇気のありったけを使って、必死で逃げ、反撃し、葛藤のすえ悪党を殺して、心身ともに消耗しきって家へ帰ると……妻が拗《す》ねていた。

どうして早く帰って来なかったの、壁のペンキ塗りはどうするの。

主人公は彼女を心配させたくないので癌にかかっていることも秘密にしているし、ましてて麻薬と関わっていることなど口が裂けても言えない。

しかし女の勘は男の想像を超えて変な方向へ鋭いので、妻は夫が何か隠しているに違いない、浮気かもしれないと疑い、のこのこ殺人現場にまでやって来て騒ぐ。

いや、もう大変なんてものじゃない。そんな合間にも学校の授業はある、ところかまわず咳《せき》の発作は出る、新たなもっとタチの悪い売人が関わってきて、さらに人が死ぬ、大金の隠し場所に困る、これ以上どうするんだという状況で、なお家庭の平和にも努めねばならない。

何だか笑える。

同時に、男性ってなんて優しいのだろうと感動する。こうやって妻子のため、文字どおり死にもの狂いで戦いながら、その苦労を決して口に出さない。墓場まで持ってゆくつもりだ。もしかすると彼女に誤解されたまま終わるかもしれないのに、それでも言わない。

何だか泣ける。

昔見た『スーパーマン』にも、よく似た場面があった。

愛しい人が事故で死ぬ。スーパーマンは悲しみと怒りで大気圏を飛び出し、地球の自転と逆方向にぶんぶん高速で回って時間を過去へ引きもどし、死ぬ寸前の彼女のもとに駆けつける。いや、飛びつける。

息を吹き返した彼女が何と言ったかというと——どこを飛び回っていたの。こっちは大変だったのよ。

うわあ、人の苦労も知らないで。

けれどスーパーマンは何の説明もせず、ただ彼女が生きている喜びを嚙みしめながら、微笑《ほほえ》むのだった。

つくづく思うが、全ての男性とは言わないまでも、多くの男性の愛し方はこういうものではなかろうか。いわば男の美学であろう。とてもステキだし、心打たれずにおれない。

とはいえ現実には、何も言われなければ、わからんわなあ……。


(同三月三十日)

XIII．朗読と黙読

先日、都内の書店で朗読会＋サイン会をしてきました。新刊『中野京子と読み解く運命の絵』（文藝春秋）のキャンペーンの一環です。

講演は何度も経験済みですが、朗読は初めて。でも自信満々。なぜと言うに、小さな妹によく絵本を読んであげていたし、小学校で教科書を音読して先生から「お上手ね」と褒められたから。

誤算は、それがはるか昔の出来事だと忘れていたことではありませぬ。自転車と同じで、前にできたことは今もできると信じていたからです。朗読会前夜、練習してみてびっくり。下手。自分で書いたのに漢字を読み違えるし、息継ぎの場所がわからなくなるし。これはどうしたことか。そうだ、私の本は絵本や小学生の教科書なんぞと違い、高尚且つ難解且つ芸術的且つ華麗且つ典雅且つ……それはともかく、大変なことになりそうで焦り、一夜漬けで練習に励んだのでした。

思えば日本には昔話を語り聞かせる文化はあっても、朗読会の文化はなかったのですね。幼児への読み聞かせや、教師に評価されるための音読は別として、読書はもっぱら孤独な黙読の世界でした。家族や友人の前で文章を朗々と読みあげる、というパフォーマンスはほぼ皆無だったのです。

一方、欧米の歴史映画を見ればすぐ気づきますが、彼らは耳からの読書をとても好んでいます。夕食後に居心地の良い部屋に老若男女で集まり、今宵《こよい》の読み手を決め、聖書や小説の一節を朗読してもらう。男たちはブランデーを飲みながら、女たちは刺《し》繡《しゅう》など手仕事をしながら、じっと耳を傾ける。そんなシーンを見るたび、これなら誰もが「声に出して読む力」「集中して聴く力」に長《た》けるのも道理だと納得します。

ラジオの登場以降は朗読力は落ちたかもしれませんが、耳からの読書がなおまだ求められていることは、詩人や文学者の朗読会がひんぱんに行われていることからもわかります。さまざまな朗読CDも出ています。現代映画の『ヒアアフター』(クリント・イーストウッド監督)でも、主人公の青年が毎晩CDでディケンズを聴いていました。日本にも古典CDが増えつつありますが、広く普及しているとは言えないでしょう。

ディケンズの朗読で強烈に記憶に残っているのは、『ハンドフル・オブ・ダスト』(イヴリン・ウォー原作、チャールズ・スターリッジ監督)。イギリス上流階級の腐敗した日常が皮肉たっぷりに描かれます。ところが終盤、突如進路変更。西部劇かと思ったらゾンビものだった、みたいな変てこな展開。

　妻に家出され、息子に先立たれ、離婚手続き中の主人公が、ふと思い立って南米へ探検旅行に出かけます。どこまで不運というか、到着早々死にかけ、長くジャングルに住みついている無気味な老イギリス人に助けられる。何かお礼をと申し出ると、自分は字が読めないので代わりに本を読んでほしいと頼まれる。張り切って読む主人公。もちろん上手。

　あとはおわかりですね。

　すっかり老人に気に入られた彼は、ジャングルの小屋に囚《とら》われの身となり、これから毎日、死ぬまでずっと、ディケンズを朗読し続けねばならなくなったのです。

　さて、私の朗読会ですが、担当編集者さんだけが絶讃してくれました。

（同四月六日）

XIV．美神たちの戦い

ギリシャ・ローマ神話には、ありとあらゆる物語の要素が詰まっている。ミズ・ユニバース・コンテスト譚まであるのだ。競うのはそのへんのニンフや下賤《げせん》な人間などではなく、畏れ多くも眩《まぶ》しくも女神様たちだから、さあ大変。

発端は天上界の結婚式。神々が集うそのおめでたい宴席に、諍《いさか》いと不和の女神エリスだけが招待されなかった。当たり前だろう。しかし本人はそうは思わない。頭にきて黄金のリンゴを投げ入れる。さすが諍いを司るだけあり、リンゴには「もっとも美しき者へ」と記しておく。

誰がリンゴを手にすべきか。たちまち諍いが起こり、最終的には美貌自慢のエリート女神3人のバトルとなる。婚姻と出産の女神ヘラ（＝ジュノー）、知恵と戦と諸学芸の女神アテナ（＝ミネルヴァ）、美と愛欲と豊穣《ほうじょう》の女神アプロディテ（＝ヴィーナス）だ。

ヘラは最高神ゼウス（＝ジュピター）の姉にして正妻だから女神の最高位。アテナはゼウスと愛人との娘で、父親の額から鎧兜《よろいかぶと》の完全武装姿で生まれてきた。ヴィーナスは天空神ウラノスの切り取られた男性器が海に落ちて、その泡から生まれた。いずれ劣らぬ物凄さが美貌にまぶされている。この3女神がゼウスに詰め寄った、ゼウスよ、ゼウス、この世で一番美しいのはだあれ？

ヘラも人妻、ヴィーナスも人妻（夫は鍛冶の神ウルカヌス）で、処女神はアテナだけなのだから、「ミス」ユニバースなら話は簡単だったが、もう一度文頭を読み直していただきたい。「ミズ」ユニバースなので既婚でもOKなのだ。利口なゼウスは、審査委員長の役を人間の男に丸投げすることにした。羊飼いのパリスに。

羊を世話していたパリスは驚愕《きょうがく》しただろう。いきなり伝令の神ヘルメスが飛んできてリンゴを手渡され、一番の美女に渡せと言われる。目の前にはいつの間にやら女神らが立っている。オールヌードで！

ここからが面白い。女神たちは、たかが人間の男に美の何たるかがわかるはずはないと、堂々たる買収にかかるのだ。わらわにリンゴをくれたら、大いなる見返りをやろうぞ。ヘラは絶大な権力を、アテナは戦勝を、ヴィーナスは自分とそっくりの人間の美女を。

パリスが若くなければ別の選択もありえたろうが、とりあえず彼の現在としては恋人が欲しかった。そこでリンゴをヴィーナスに与え、絶世の美女を手に入れる。スパルタ王妃ヘレネだ。彼女を連れて故郷トロイアへもどり、夢のようなラブ・ライフを送る。だが他国の王妃と駆け落ちして無事ですむはずがない。スパルタはギリシャ中に呼びかけて連合軍を編成し、トロイアへ攻め込む。リンゴをもらえなかったヘラとアテナも応援した。神といえども女の美の恨みは深いのだ。

戦争は10年にわたり、栄華をきわめたトロイアは滅ぼされた。だが、ヘレネは刺激的な時を過ごしたためかさらに美しく、スパルタ王にあっさり許され、元の王妃の座に平然と収まったのだった。ほんものの美女とはこういうことを言う。

パリスは？

早々に矢で射殺されていた。

この神話の教訓はあまりに自明であろう――もしあなたが平穏な生活を送りたいのなら、決して女性の美しさに順位をつけてはなりません。


（同四月二十日）

XV・安酒と伝道師

起業する場合、自らの経験や得意分野をもとに専門を決めるのが、まあ、普通だろう。ヘンリー・フォードが蒸気機関の修理工だったように。ジョサイア・ウェッジウッドが陶器職人だったように。

では、1808年にイギリスの貧しい家に生まれ、10歳から庭師の徒弟や野菜売りなど働きづめに働き、妻子持ちとなっても暮らしは楽にならず、家具職人と印刷屋の仕事をかけもちしながらバプテスト（プロテスタント最大派の一つ）の伝道師として奉仕する32歳の苦労人の胸に、ふと浮かんだアイディアは？

起業に成功するには、時代を先取りしたニーズに気づくことも必要だ。19世紀半ばのイギリスはヴィクトリア朝時代、即ち産業革命による繁栄の時代だった。光あるところ、闇は濃い。貧富の差は著《いちじる》しく、底辺に喘《あえ》ぐ者たちは安酒ジンに溺れた。とりわけスラム街では大人も子供も男も女も朝から酔いどれ、犯罪の横行と病気の蔓延が社会問題となっていた。同時に全国的な禁酒運動が盛り上がりつつあった。

超のつく真面目人間だった伝道師もまた、何とか人々を救いたいと禁酒運動にのめり込む。どうして酒をやめられないのか――当時の一般的な考え方はアルコール依存と犯罪者はイコールで、それは生まれつきだ。しかし彼はそう思わなかった。自分も貧しいので貧しい者の気持ちがよくわかる。連日の激しい肉体労働の後、憂さを晴らさねばやっていられない。では同じ境遇の自分が酒を飲まないのはなぜか。信仰が支えになったから――そう結論づけてしまえば話は終わる。伝道師は冷静に自己を顧みた。辛《つら》い日々の慰めになったのは、伝道のためとはいえ各地を歩き巡り、はからずもそれが観光になったからだ。観光は安酒より確実に人を癒やす。

ちょうど汽車が普及し始めていた。彼は自分で鉄道会社と交渉し、自分で広告を打って参加者を募る。使命感にあふれ、行動力に優れ、その上アイディア・マンでもあったのだ。こうしてレスターからラフバラまでの11マイル（約18キロ）の汽車旅に禁酒大会というイベントを組み合わせ、往復わずか1シリング（農民の1日分の賃料）のパック・ツアーができあがる。車両は屋根なしの吹きさらしで、椅子無しだが、それでも500人以上の乗客を興奮の嵐にして、ツアーは大成功だった。

上流階級の子弟が何カ月も何年もかけて異国を修学するグランド・ツアーならいざ知らず、下層階級の観光旅行など想像もされていなかった時代である。いかに画期的だったかわかろうというもの。

この伝道師こそ、トーマス・クックだ。彼は今に続くクック社を設立し、その後も次々アイディアを出してゆく。トラベラーズ・チェック、ヨーロッパ大陸間鉄道時刻表、ホテルのクーポン券、ガイドブックなど、近代旅行の礎は彼によって打ち立てられた。参加者数は19世紀末の息子の代で、創立時の1万倍になったという。

神の道を説く伝道師が畑違いの旅行業という新ビジネスを立ち上げ、多くの人の意識を変え、夢を与えた。わくわくするような話ではないか。子供向け偉人伝に取り上げられないのが不思議だ。私だって少女時代に読んでいたら、物書き業ではなく起業していたかもしれん。

（同四月二十七日）

XVI・脳の高速回転

死の間際、人はそれまでの人生の全てを走馬灯《そうまとう》のように追体験すると言われている。ほんとうかどうかはその時にならないとわからず、わかっても誰にも伝えられないのがこの説の弱点だと思う。

とはいえ脳が高速回転するのは、パニック状態に陥った時によくあると聞く。私も経験した。10年以上も前の出来事だ。大学生が多く乗り降りするＪＲ駅でのこと。ホームへの階段を上りきると、目の前を歩く女性の後ろ姿が見えた。以下のカギカッコ文は、私の脳内。

「太ってよろよろしているけれど、大丈夫かな。背中も曲がっているし、80歳は超えているみたいだ。点字ブロックの上を歩くのは危なっかしい。声をかけようか。

あ、本を落とした。落としかけてよろけただけだったのかもしれない。文庫本だ。活字の小さい本を外出先で読むくらいなら、見かけより若いのだ。かがんで自分で拾ったし、通り過ぎても大丈夫。

でも何だか胸騒ぎ。ふりむいたほうがいいな。うわっ、そっくり返って倒れそう。

やっぱり私の勘は鋭いのだ。前から霊感が強いと言われていたものね。〈危ない！〉我ながらすごい大声が出た。恥ずかしい。

線路に落ちる前に、腕をつかまなくちゃ。でもこんな太った人を引きもどせるかな。私まで落ちると嫌だな。あれ、細い。なんて細い腕。仔猫《こねこ》みたい。そうか、着ぶくれしていただけだったのね。よかった。それに私の反射神経もまだまだ捨てたものじゃない。運動音痴と思っていたけれど、みごとなキャッチだ。自分を褒めてあげよう。

あれれ、止まらない。ちゃんと立ってくれるかと思ったのに、勢いがついていたのかな。非力が情けない。うん、仕方がない。線路へ落ちるよりは、このまま滑り込みの要領で倒れてもらおう。いっぱい着込んでいるから怪我もしないはずだ。やれやれ、うまくいった。これこそまさにソフトランディングだ。

走り寄ってきたのはやっぱり白人青年かあ。欧米人はこうした場合に取るべき行動を、幼い時から叩《たた》き込まれているものねえ。それに比べて日本の大学生ときたら。ただ突っ立って見ているだけで、一人も近寄ってこないのはどういう了見だ。けしからん。来週の授業で説教しなくちゃ。ついでに私の反射神経の見事さについても自慢しよう」

と、こんなにいっぱい考えながら動いていたのだ。たとえ一部始終を見ていた人にとっては、眩暈《めまい》を起こしたおばあさんを、近くにいた中年女性が「危ない」と叫んで腕をつかんだものの、結局は尻もちをつかせてしまい、外国人が手助けに走り寄った、わずか10秒かそこらの出来事でしかないとしても。

SF小説などに人の心を読むエスパーが登場する。現実には苛々《いらいら》させられるだけではないだろうか。思念というのはたいていこのようにだらだら続き、脈絡なくあちこちへ飛ぶからだ。

それはさておき、ふと心配になるのは、もしやこのおばあさんも脳を高速回転させていたかもしれない。

「本を拾ったくらいで、こんなよろけるようになってはあたしも歳だわね。えっ、誰、この女の人。何するの。わわわ。いきなり腕をつかんで引っ張るものだから、ころんでしまったじゃないの」

（同五月十一日）

XVII・舞台の魔物

『王様と私』を読んだ。「王」とはシャム王でもユル・ブリンナーでもなく、オペラ界の大スター、故パヴァロッティ。「私」は36年も彼のマネージャーとして辣腕をふるい、最後は決裂したブレスリン。

不世出のこのテノール歌手は巨漢のいたずらっ子というイメージどおり、子どもっぽくて身勝手で小心で際限ない大食漢なのに、誰もが辟易《へきえき》しつつ愛さずにいられなかったようだ。ブレスリン自身、「純朴な愛すべき、はつらつとした男が、貪欲で押しの強い、あまり幸せとはいえないスーパースターになるまでを描いた」（相原真理子訳）と言いつつ、その天与の美声を聴くたび鳥肌がたった、と繰り返し讃嘆《さんたん》せずにはいられない。突出した才能にどうしようもなく魅入られた人間の愛憎半ばする思いが、痛いほど伝わってくる、オペラファン必読の一冊だ。

さて、しかし今日の主題はそこにはなくて、よく言う「舞台には魔物が棲《す》む」という俗信、いや真実（?）について。

パヴァロッティはイタリア人なので（と、ユダヤ系ニューヨーカーのブレスリンはクールめかして言う）、とにかく迷信深かった。紫色は縁起が悪いと、楽屋を訪れた友人に着替えさせたことがある。また舞台に上がる時に幸運を祈る言葉をかけられるのはNGで、「オオカミの口の中へ入っちまえ」と送り出されるのが正解だそうだ。

実に残念なのは迷信深さのせいでパヴァロッティ主演の『運命の力』（ヴェルディ作）が実現しなかったこと。ぜひ歌ってほしいと頼まれたパヴァロッティは、タイトル名を聞いただけで厄除《やくよ》けの仕草《しぐさ》を行ったという。『運命の力』は業界では昔から災いを呼ぶとされていたからだ。1960年代に歌手が上演中の舞台で急死したため、ますます信じられるようになったらしい。

日本の「四谷怪談」に似ている。こちらも祟《たた》りのある芝居とされ、上演が決まると出演者ばかりかスタッフ一同で於岩稲荷田宮神社へお参りに行くと聞く。そういえば、元タカラジェンヌと雑誌対談をした際、こんな驚きの話も知った。宝塚の演目でギロチンが出てくる場合、その作り物の処刑台に加え剣や銃などもまとめて、舞台上で神主さんにお祓いをしてもらう由。

それもこれも、劇場といういわば一夜の幻を現出させる装置が巨大で複雑で事故も多く、激しい人間感情が渦巻いて凝《こご》ってしまった場だからかもしれない。

ニューヨークのメトロポリタン歌劇場でバックステージ・ツアーに参加したことがある。少人数の観光客に迷路のごとき舞台裏を公開するツアーだが、案内人が言うには、時たま誰のものとも知れぬ白骨が出てくるのだそうだ。

この時のツアーでは、すでに大道具が設置された舞台にも上がらせてもらえた。いつもは客席からしか見ない光景を、逆の側から見るのは壮観だ。何層にもなった4000席近い椅子がずらりと並ぶ。その一つ一つにさまざまな思いと期待を抱いた客が座り、スターにぶつけてくるのだ。繊細な神経をもつパヴァロッティが本番前にナーバスになり、験《げん》を担ぎたくなったのは当然だろう。

私なぞテレビでも講演でも全く験を担がないが、それは大して期待されていないからであります。

（同五月十八日）

XVIII・学生いろいろ

人生いろいろ。政治家いろいろ。大学生もいろいろです。

初めて教壇に立った頃はこちらも若かったので、学生の反応がいちいち新鮮で面白かった。一番びっくりしたのは、小テストの点数が足りないので「あなたは落とすしかない」と通達した翌週の授業で、「先生、ちょっとでいいですから来てください。お願いします」とその男子学生が手招き。教室から廊下へ出ました。「そこに立っていてくださいね」とその子は廊下のずっと先へ行ってこちらを振り返ります。

何をするつもりかと思っていると、ドドドと走ってくるではありませんか。そして目の前で見事な宙返り。しかも手をつかずに。「オオ!」と、感嘆せずにいられません。「ものすごく練習したんです。どうぞ落とさないでください」。つい頷《うなず》いてしまう。やれやれ。宙返りと第2外国語のドイツ語には何の関係もないのになあ。しかし世間の荒波を渡るのに、この調子の良さは役立つに違いない(今ごろきっと出世しているだろう)。

カラオケ喫茶が大ブームになっていた頃には、こんな学生も。

欠席が多いのでこのままなら落第と脅すと、「大学なんか出てもしようがない。バイト先のカラオケ喫茶で店長になるよう勧められているから、大学やめて店長になります」と言う。「それならそれでいいけど、あなたは凡人でしょ。凡人は大学を出ておいた方が、選択肢が増えて有利よ」と返すと、心外だとばかり、「僕、凡人ですか?」「そりゃそうでしょ。何とかという将棋の名人は、兄は自分より頭が悪いから東大へ行った、と言ったらしいわよ」。

考え込んでいましたが、結局その子は無事卒業してゆきました。正しい選択だったかどうか、人生の終わりにならないとわからないにせよ。

教師は理不尽だと思ったこともあります（自分のことです……）。課題発表予定の学生が大幅に遅刻し、教室に入ってきた時にはもう別の学生が代わりをした後でした。「なんですか、こんなに遅れて、ガミガミ、あなたはマイナス10点です!」

授業後、その子が教壇に近づいて来ました。近視なので先ほどまで見えなかった顔の傷と腫れに初めて気づき、「どうしたの!?」

駅を降りると、オートバイに乗った男に後ろから声をかけられ、振り向きざまをヘルメットで殴られてバッグを奪われそうになったというのです。バッグが無事だったので警察には届けず、保健室で見てもらってから来たので、この程度の遅れですんだ由。わたしの反応──「なぜそんな大事なことを先に言わなかったの。マイナス20

点！」。みんな爆笑。

この近視のせいで、他にも失敗例。

教室の中ほどで私語が聞こえ、けしからん、と怒る。だいたいあのあたりかなというのを指さして、音読させせた。音読してからその学生はおずおずと「先生、しゃべっていたのは僕じゃありません」。むむむ。そうだったのか。「見せしめです！」「見せしめえ？　プラス10点にしてくれないと」

私の教員生活（今は物書きの仕事で忙しく、辞めてしまいました）でラッキーだったのは、学生たちが皆とても可愛《かわい》く、若さのエネルギーに溢《あふ》れ、ユーモアを解してくれたことかもしれない。

あ、教師もいろいろ。

（同五月二十五日）

XIX．大いなる誤解

恋愛はロマンティシズム、結婚はリアリズム、子育てはクソリアリズムだそうだ。なるほどね。

恋愛はある意味、誤解によって成り立つ。プッチーニのオペラ『マダム・バタフライ（蝶々夫人《ちょうちょうふじん》）』がそのことをよく物語る。

明治時代の長崎を舞台に、「文明国」からやって来たお気楽アメリカ軍人ピンカートンが、「芸者ガール」蝶々さんを気に入り挙式する。現地妻として一時的に買ったという認識なので、本気ではない。やがて帰国が決まると、すぐまた戻るよと、あくまで調子よく去ってゆく。

一方の蝶々さんは武家の娘で、零落してやむなく芸者になっただけだから誇り高い。ピンカートンとは神聖なる夫婦関係を結んだと信じ、待ち続ける。彼が日本を去った後に生まれた小さな息子を育てながら。

数年後、ピンカートンは祖国で正式に結婚した白人妻を伴い、長崎を再訪。蝶々さんという芸者がいたなあ、あのころは楽しかった、彼女はきっと別のパトロンと暮らしているだろう、なんぞと思っていたら、何と今も自分を愛し、ずっと操《みさお》を守り、貧困の中、息子を育てているという。驚いたピンカートンの下した結論は、日本のような男尊女卑の国で青い眼の父無し子を育てるのは大変だから、息子は引き取ってアメリカへ連れてゆく、というものだった。

蝶々さんは悲恋の苦しみを押し殺し、確かに子供のためにはそれが一番いいと即座に判断。息子を手放すことを承諾するが、しかしそれとは別に、武士の娘らしく最期を遂げねばなるまいと決意する。「恥に生きるより名誉とともに死ね」と銘が彫られた父の形見の短刀を我が身に突き立て、自害する……。

西洋の優位性と、アジア女性の「愛し、尽くし、自己犠牲を厭《いと》わない」というステレオタイプが、時代錯誤も甚だしくてやりきれないのに、プッチーニの流麗な「泣き節」で歌い上げられると、チッと舌打ちしながらも、つい毎回泣いてしまう。

さて、このオペラが作曲されてから80年以上経た、１９８６年。奇妙なスパイ事件が発覚して、世界中を仰天させた。大使館勤めの夢見るフランス男が美貌の中国女性にのぼせ上がり、20年にわたって関係をもち、国家機密を盗まれ続けていたという事件である。

全然珍しくないって？

いや、いや、実はこのスパイ、女ではなく、女に化けた男だった。フランス人は裁判で初めてそれを知り、茫然《ぼうぜん》自失。裁判官から、肉体関係を持ちながらなぜ気づかなかったのかと問われ、「アジア女性は恥ずかしがり屋で、決して男に裸を見せないと思っていたから」と答えている。ステレオタイプの威力、恐るべし（この事件を題材にした戯曲が、『M・バタフライ』〈監督デイヴィッド・クローネンバーグ〉）。

一時期わたしは某音大で西洋文化史の講座を持っていたことがある。『蝶々夫人』と、実際のこのスパイ事件を比較しながらの授業も行った。学生というものが、いかに教師の説明をいい加減に聴いているかはよく知っていたが、大いなる誤解の例として記憶に鮮明なのは、試験用紙の裏に記された授業の感想だった。曰く、「マダムという題なのでフランスのマダムのオペラかと思ったら日本人でびっくりした。しかも芸者の蝶々さんが男なのがスゴイと思った」

（同六月一日）

たまにテレビに出るが、友人たちの感想には不満がある。せっかく私が素晴らしい内容（?）を語ったというのに全然聞いておらず、洋服チェックばかり。やれ、似合わない、やれ、色が良くない、ますます肥《ふと》って見える、前回と同じのを着ていた、など。

XX．男のファッション

男性はいいよなあ。背広さえ着れば誰も文句はつけない。ネクタイの色にクレームがくる程度だろう。

きっと男たちは時代が下るにつれ着飾ることが面倒になり、さらにはあれこれ言われるのも嫌になって、自らのファッション道を方向転換したに違いない。19世紀半ば頃までのヨーロッパでは男性も孔雀《くじゃく》なみに派手だったことは、今に残る絵画が証明しているからだ。

キリスト教に社会の隅々まで支配され、現世より来世志向のはずの、いわゆる「暗黒の中世」においてさえ、靴の先をありえないほど尖《とが》らせたり、奇抜な帽子をかぶるなどして、男性は必死に頑張っていた。

ルネサンスからバロック期には、傭兵《ようへい》の派手なファッションが一世を風靡《ふうび》する。当時の布は伸縮性が悪かったので、戦いやすいよう、肩口や袖などに切り込み（スラッシュ）をたくさん入れて中の下着を見せた。また両脚の間の大事な個所を護《まも》るため、特大のコドピースをつけた。前者は便利でカッコイイと、後者は「下品だ、悪趣味だ」と絶えず非難を浴びつつ、王侯貴族にまで広がり、なんと2世紀も愛用され続けた。

絶対王政期における一大特徴は鬘《かつら》だ。ルイ太陽王の、雲つくばかりに巨大なもじゃもじゃ鬘は、赤いハイヒールや毛皮や宝石と相俟《あいま》ってどれほど体を大きく見せ、神のごとく相手の眼をくらましたことだろう。そもそもなぜ王侯貴族や富裕層が満艦飾だったかといえば、それが権力と財力の目に見える証だからだ。人々が中身より衣装にひれ伏していたのは間違いない。

ロココ時代を迎えると、もはや男性性を極度に誇示する必要もなくなり、平安時代の御公家さん化する。つまり女性化。ひらひらのレースやリボンはもちろん、真っ白な顔に頬紅を塗りたくり、付けぼくろを貼る。ゆらめくロウソクの下では、すばらしい美男に見えた（らしい）。

その後のフランス革命は、男性ファッションにも革命をもたらしている。ズボンが長くなるターニングポイントだったのだ。それまで何世紀もの間ずっと、脚線美という言葉は男性のもので、コドピース時代にはほとんど腰から下（ヒップも脚のラインも）丸見え状態だったし、それ以降の半ズボン時代には膝下を出していた。長ズボンは下層民が穿《は》くものだったから、年配の上流階級人士は、そんな下賤なズボンなど嫌だと、そうとう抵抗している。

だがついに19世紀半ば、男たちは脚を隠すのを当然と思うようになった。逆に、長いドレスに隠れていた女性の脚が見えてくる。今や脚線美と聞いて、男性の脚を想像する人はめったにいない。

脚をズボンで包むことを覚えた男性は、お洒落に時間を費やすよりお洒落な女性を連れ歩く方を選んだ。シンプルなセーター姿のＩＴ長者のほうが、ルイ太陽王よりクールに見える世の中なのだ。

とはいえファッションはくり返す。いつかまた男たちは華やかに身を飾るだろう。似合う、似合わないは別として。

（同六月十五日）

XXI・飛行機、こわい

聞いた話によると、某有名野球選手は飛行機が揺れた時、「降ろしてくれ」と喚《わめ》いたとか。

ありえますね。

飛ぶのが平気だったわたしが苦手になったのは、学生時代の強烈な体験が二つ続いたからで、それはまず真冬の嵐の北海道を飛び立った機内での出来事。隣では初老の紳士が新聞を読んでおりました。揺れは最初からかなり激しく、途中で不気味な雲海に突入し、片翼に雷が落ちました。スチュワーデス（昔はこういう呼び名の美女でした）が、よろめきながら通路を駆けて行き、子どもがわんわん泣き、乗客は騒然とし始めます。その時、紳士がわたしに話しかけました（もしかして独り言だったのかもしれません）。

「だからA航空は嫌だったんだ。B航空に乗りたかったのに満席だった。タッチの差で切符が手に入らなかった。Bに乗りたかった。Aは嫌だ。落ちるから嫌だ！」

え、落ちるの？

恐怖は伝染するので、あんな怖かったことはありません。その後の記憶が全て欠落しているほどです。

それからまもなく、今度はヨーロッパからの帰国便に、日本人の若者ばかり数人、前方席に固まっていた時のこと。小国の飛行機会社の格安チケットでした。順調だった飛行が、突然、前のめりになります。当時はあまりうるさくなかったのか、座席の下に荷物を置いている人がとても多かったのですが、それらが後方から山ほどザァーッという感じでこちらへ滑ってきます。自分も真っ逆さまに落ちてゆく感覚でした。

学生らしき若者が大声を出します。

「安いチケットはだめだ。このC航空は米軍払い下げ部品を使っている。ぼろぼろで、これまでに何回も落ちている！」

ところが飛行機はすぐ水平飛行にもどりました。皆を恐怖のどん底に突き落としたこの学生が、その後けろっとしていたのは実に腹立たしい限り。いったい全体、男というものはどうしてこんなに論理的説明的に怖がる（?）のかしらん。女なんて、「きゃあ！」一点ばりですよ。実にすがすがしいではないですか。ぜひ真似《まね》してほしい。

ともかくこの見知らぬ男たちのせいで、わたしは飛行機が怖くなったわけです。どうやって克服すべきか悩んでいましたら、あらゆるパニック映画に出てくる、「酔っ払って熟睡していたのでいっさい何も気づかなかった」という登場人物こそが理想形と思い至りました。よし、これでいこうと、いつもならワインの小瓶1本のところ2本飲んでみました。すると……危うく急性アルコール中毒で倒れるところでした。

そんなこんなで、機内に入る度、神さま仏さま、どうぞこの飛行機をあまり揺らさないでくださいと、祈り続けて幾星霜、たまたま海外でコックピットへ入れてもらう機会がありました。客席での揺れはひどかったのに、コックピットは平穏そのもの。しかも自動操縦中。わけもわからず怖がっていたと知りました。パイロットの方たちとコーヒーを飲み、満天の星とオーロラを堪能。

この時からまた飛行機への恐怖は消え、筒井康隆作『五郎八航空』をおなかを抱えて笑えるようになります。そういえばこの爆笑小説も、大騒ぎして怖がるのは男でしたね。

（同六月二十二日）

第三章

本を読む
本を書く

私好みのエンタメ小説

I．歴史書より勉強になる

『ジャッカルの日』
（フレデリック・フォーサイス　篠原慎訳／角川文庫）

物心つくころから活字中毒で手当たり次第に読んできたが、だんだん二通りの読書になってきた。一つは自分の仕事に直結する美術や西洋史関連のもの。もう一つは別世界へワープさせてくれるエンターテインメント。

　思えば、人生論を語るエッセーや身辺に題材を取った私小説などは苦手だった。平凡な暮らしを送っているせいで、非日常的作品しか面白いと思えない体質（？）になったらしい。

　そんな次第だからフレデリック・フォーサイスは大好物。とりわけ『ジャッカルの日』は寝る間も惜しんで読んだ。

　舞台は1960年代前半。正体不明の殺し屋ジャッカルが、秘密軍事組織に雇われてドゴール大統領暗殺を請け負う。その企てを知ったフランスが、ルベル警視に秘密捜査権を与えて阻止せんとするが……。

　実在、架空をあわせた膨大な登場人物が、重層的な調べを奏でる。アルジェリア独立戦争後にフランスが抱えた難題や、階級社会のいやらしさもよくわかる。最後まで謎めいたままの物静かなジャッカルと、凡庸そうな外見の裏に刃物の切れ味をみせるルベルの対比の妙も鮮やかだ。

　裏稼業の専門家たちも出てくる。中に偽造パスポート作りの小悪党がいて、映画版（フレッド・ジンネマン監督）に素晴らしいシーンがある。プロらしからぬ卑しさで約束以上の金を脅し取ろうとしたその男を、ジャッカルはあっさり殺す。小説ではジャッカルが感情をみせない人間であると書くだけですむが、映像では内心煮えくり返るほど怒っていることを、言語情報に頼らず観る者に伝えねばならない。そこで監督は、目的地に向かって道を急いでいるとしか見えないジャッカルを映すとともに、通りかかったノラ猫が彼の殺気を感じてフーッと毛を逆立てる短いショットをさりげなく挿入した。文字を絵柄に変えるお手本である（優れた画家もこのやり方を使う）。読者はすでにドゴールが天寿を全うして、ベッドの上で死んだのを知っている。ジャッカルはどこで失敗するのか。

ここがこの小説最大の面白さだ。これから読む人のために詳しくは書けないが、人間は誰もが知らず知らずのうち固有の文化に捉われている。頭ではわかっていても、とっさの反応ばかりはどうしようもない。それを痛烈に思い知らされるラスト。

エンターテインメント小説は、時に歴史書より勉強になる。

（日本経済新聞二〇一八年九月一日）

Ⅱ．舞台より現実の方がドラマティック

『ゼッフィレッリ自伝』
（フランコ・ゼッフィレッリ　木村博江訳／創元ライブラリ）

まだニューヨークにツインタワーがそびえていた1990年代後半。メトロポリタン歌劇場でフランコ・ゼッフィレッリ演出のオペラ『椿姫《つばき》』を観た。幕は4回上がるのだが、その度に豪華絢爛《けんらん》たる舞台が出現し、超満員の客席から溜《た》め息、どよめき、最後は拍手がしばらく鳴りやまず、純粋に舞台美術のみへの熱狂という体験を初めて味わった。

それもあって読んだのが、『ゼッフィレッリ自伝』。オペラや映画の製作裏話の面白さはむろんのこと、若きゼッフィレッリがのし上がってゆく過程がわくわくするほどスリリングだ。

貧しく、何の後ろ盾もなく、しかし野心ではち切れそうなこの22歳は、自らの美貌

をとことん利用すべく常に機会を狙っていたが（自分でそう書く率直さも本書の魅力だ）、ルキノ・ヴィスコンティの演出する芝居で背景画を描くアルバイトをしたのが転機となる。

当時のヴィスコンティは40代。イタリア有数の名門貴族にして世界的な映画監督。美青年好きのホモセクシュアルとしても知られていた。

ゼッフィレッリが恋に落ちたのは、舞台稽古中のこの貴族がふだんと全く違う顔で癇癪《かんしやく》玉を破裂させ、口汚く罵《ののし》っていたからだ。またヴィスコンティがこの若者に惹《ひ》かれたのは、美貌と野心に見合った才能を備えていたからだろう。古代ギリシャのスパルタ軍におけるように、年長者は年下の想い人を精神的にも肉体的にも愛し、導き、鍛えあげた。

破局もドラマティックだ。

一人立ちできる力をつけたゼッフィレッリが、映画『夏の嵐』でヴィスコンティの助手をした時、ささいなミスを皆の前で痛罵《つうば》されて思わず手が出る。なんとヴィスコンティの頭を、メガホンで殴りつけたのだ。怖ろしい沈黙のあと、ヴィスコンティは何事もなかったかのようにスタッフに指示し、撮影は再開された。ゼッフィレッリの核にある粗野な部分、またヴィスコンティのエレガントな対処の仕方に、2人の関係の生々しい一端を見る思いがする。

決裂後ゼッフィレッリはオペラ界の巨匠となり、『ロミオとジュリエット』などの映画も監督した。かつての恋人への愛憎まじりの烈《はげ》しい感情が時の川に洗われ、彼への、運命への感謝の念が語られると、胸が一杯になる。

荒唐無稽なドラマを「まるでオペラみたい」と言う人がいるが、いえ、いえ、現実のほうがはるかに先を行っています。

（同九月八日）

Ⅲ．伏線を確認する

『葬儀を終えて』（アガサ・クリスティー　加島祥造訳／ハヤカワ文庫）

旅のお供には、いちおう仕事がらみの本を持ってゆく。ただしそうした本には眠りの精がくっついているらしく、数ページ読むと必ず瞼《まぶた》が重くなる。それを見越してミステリかSF小説も鞄《かばん》に詰めるが、新作だと当たり外れが大きすぎるから既読本も用意する。これでようやくセーフティーネットは万全だ（読む本がないとパニックになってしまう）。

幾度アガサ・クリスティーのお世話になったことだろう。彼女の作品は中学時代から愛読し、今でも書棚に文庫がずらりと並ぶ。その中のどれかを持ってゆけば間違いない。

推理小説のほとんどは一度読めば十分なのに、ミステリの女王の場合、犯人がわかっても謎が解けても読み返したくなる。どこで自分が騙《だま》されたか、検証せずにおれないからだ。

クリスティーは実に人間通で、どう書けば読み手をミスリードできるか熟知しており、たいていは前提自体に罠《わな》を仕掛ける。地味な恋人を捨てて富豪の美女を選ぶのは野心家なら当然と思わせ、平凡を絵に描いた田舎の主婦が殺害のターゲットになるわけがないと信じさせ、あげくは一人称の語り手が犯人でもアンフェアと感じさせない超絶技巧まである（クリスティー・ファンなら、どれもすぐタイトルがおわかりですね）。

久々に読み返した『葬儀を終えて』も、物語の始まりイコール作者の巧みな伏線だ。非常にさりげない誤誘導。あまりに自然な流れなので、そこがすでに落とし穴とは思いもよらない。なるほど、これでは真相に辿りつけないわけだ、と騙される快感すら覚える。

ニュースもうまく作品に取り込む（『オリエント急行殺人事件』のリンドバーグ愛児誘拐事件が有名）。『葬儀を終えて』では、17世紀オランダの画家フェルメール。死後長く忘れられていたが19世紀後半にフランスで再発見再評価され、次第にイギリスでも人気上昇し、本作刊行時の１９５０年代には５０００ポンドという高値で売れたとの新聞記事が紹介される（ちなみに２０１４年には『聖プラクセディス』が、真贋《しんがん》論争の只中《ただなか》にありながらも624万ポンドで落札された)。

登場人物の1人は二束三文で売られていた小品をフェルメールと信じたが、はたして……?

この本に影響されてパリの蚤《のみ》の市をぶらついたことがある。でも真犯人すら当てられない人間に、掘り出し物など見つかるわけもないのでした。

(同九月十五日)

Ⅳ．かけがえのない「この人生」

『リプレイ』
（ケン・グリムウッド　杉山高之訳／新潮文庫）

中学生になるとフレドリック・ブラウンをはじめとしたSF小説を山ほど読んでいたので、「自分の一生の年表を作るように」との宿題には燃えた。

まず生まれてから13〜14年間の田舎の少女らしい凡々たる出来事を羅列し、その翌年から突如として漫画家になる。それで大成功して30歳の時に発見された若返りの薬を飲み、また少女にもどる。アメリカへ行って憧れのハリウッドスターと結婚する。30歳でまた若返り薬を飲み、今度は宇宙飛行士になる、次は……。延々と書き続けて楽しかった（30歳が年寄りという認識は若気の至り）。

そんな私が、いくら大人になろうともケン・グリムウッド作『リプレイ』に夢中になるのは当然至極だ。いや、私ばかりでなく、それまでの記憶と知識を持ったまま過去へもどって人生をやり直したいというのは、多くの人の夢ではないだろうか。

主人公はニューヨークのラジオ局ディレクター、43歳。仕事にも結婚にも行き詰まっていたさなか、職場で突然死し、気づけば18歳の大学生にもどっていた。最初の激しい混乱から立ち直ると、ダービーやワールドシリーズで大儲《もう》けし、記憶の限りもっとも有利な企業に投資して大富豪になる。酒池肉林、上流階級の女性との愛のない結婚、子どもへの溺愛、ところがまた43歳で死に18歳で蘇《よみがえ》る。

今度はもっと地道な生き方をし、初恋の女性と満ち足りた家庭を作る。それなのに25年目がくるとやはり死に、振り出しにもどり、築き上げてきたものを全て失う。同じ時間の枠に閉じ込められたのだ。リプレイ（再生）し続ける人生が天の恵みとは限らないとわかってくる。新しいことは何もない次の人生は、ドラッグ漬け。やがてもう1人のリプレイヤーと出会う。

グリムウッドの描写が迫真的なので、彼自身がリプレイヤーなのでは、と思ってしまうほどだ。作中にはヒンドゥー教の聖典からこんな言葉も引用される。「お前も私も、アルジュナよ、多くの人生を生きてきた。私はその全てを覚えている。だが、お前は覚えていない」

全てを記憶して輪廻《りんね》転生をくり返す壮絶さ。絶対の孤独。

この小説を、ＳＦだからと敬遠しないでほしい。物語が進むほどに、一度限りのこの人生がいかにかけがえのないものか気づかせてくれる。さらには、より良い人生をと足掻《あが》き続ける人間のいじらしさと美しさ、やるせない哀《かな》しみが、胸に沁《し》み入るようだ。

（同九月二十二日）

V．日本最大最強の獣

『羆嵐《くまあらし》』（吉村昭／新潮文庫）

道産子の私は中学の授業でブラキストン線について習った。津軽海峡が動物の境界線となり、ヒグマはその線の南にはいないとのこと。すると男の子たちが、やっぱり北海道はすごいな、ヒグマだもんなあと、自分の手柄のように喜んだ。「男は基本的に馬鹿」という真理に目覚めた瞬間だったが、それはまた別の話。

ヒグマがどれほど恐ろしいか、北海道人は皆知っている。人や家畜が襲われたニュースをよく聞くし、山には注意喚起の看板が立ち、熊牧場で実物も見られる。本州以南の人がプーさんは可愛いなどと呑気《のんき》なことを言うのは、ツキノワグマしかイメージしていないからだろう。

おおよその数値だが、雄の体長及び体重は最大で、ツキノワグマ1・5メートル、

120キログラム、ヒグマ3メートル弱、400キログラムという。凶暴さも加味すればば、スピッツとドーベルマンくらい違う。ヒグマは正真正銘、日本最大最強の野獣なのだ。漢字すらおどろおどろしく、「羆」と書く。

さて、大好きな吉村昭。彼の記録文学は『高熱隧道《ずいどう》』『破獄』『三陸海岸大津波』など、どれも凄《すさ》まじい迫力で読ませるが、舞台が北海道なので『羆嵐』はやはり別格だった。

1915年の厳冬、天塩山麓の開拓村を1頭のヒグマが2日にわたって襲い、妊婦を含め6人の男女を殺し、3人に重傷を負わせた害獣事件。

作者は当時の開拓民を取り囲む過酷な自然を一見淡々と、だが美しくきめ細かな文章でありありと現出させ、読者を否応《いやおう》なくそこへ引きずり込む。小屋を埋め尽くさんばかりの積雪や真の闇と同じく、ヒグマもまた自然の一部であり、このヒグマにとって人間は餌でしかない。

武装した男たちの前に初めて姿を見せる人喰《く》い獣は、まさに圧倒的だ。「無力感が、かれらを襲った。（中略）剛毛は風をはらんだように逆立ち、それが地響きとともに傾斜を降下してきた。その力感にみちた体に比して、かれらは自分たちの肉体が余りにも貧弱であることを強く意識した。」

最後は老猟師に仕留められた悪魔のごときヒグマは、死後の計測によって体長2・

7メートル、体重383キログラム、頭部は突出して大きく、岩石のようだったという。

この本を読んでアイヌ民族のイヨマンテを少し理解できた気がした。荒ぶる神ヒグマの魂を天へ返す祭祀《さいし》は人と獣の壮絶な戦いの歴史抜きには語れない。最後に明かされる「羆嵐」の意味も、神話的スケールで読後にのしかかってくる。

（同九月二十九日）

夏はホラーで涼しく

『日本怪奇小説傑作集（1～3）』
（紀田順一郎・東雅夫編／創元推理文庫）

イギリスの幽霊は冬にでるらしいが、日本の夏ならやはり怪奇小説を読むのが王道でしょう。

というわけで、3巻から成る『日本怪奇小説傑作集（1～3）』がお勧め。明治から現代に至る50人もの作家たち――森鷗外、芥川龍之介、谷崎潤一郎、川端康成、山田風太郎、円地文子、三島由紀夫、吉行淳之介etc.――による豪華共演で、いわば「恐怖の文学史」といった趣だ。正統派幽霊譚《たん》からミステリ・純文学・SFと幅広く愉《たの》しめる。

どれも面白いが、とりわけ書き手が超自然や怪異を信じている場合、本人の恐怖が直接読み手に伝わってきて凄《すご》みとなる。泉鏡花「海異記」は、漁師が海で魚を釣っている間、陸では海の魔物が漁師の家で人間を「釣る」話。僧侶姿の魚の化身が本性を現すなり膳をひっくり返し、女房の抱く赤子を指差して、「児を呉《く》れい」と脅すラストはとてつもなく怖い。佐藤春夫「化物屋敷」——本人の実体験の由《よし》——は、成仏できない霊の留まっている部屋へ入るときには、「何か他人の密室へ侵し入るような緊張した不気味なやましいに似た気持」にさせられる、と説得力抜群だ。夏目漱石「蛇——「永日小品」より」はショートショートのお手本。雨や川、多彩な水の描写。いきなり流れてくる蛇。魚と見まちがえた男が捕らえかけると、蛇は身を翻《ひるがえ》して土手の上へ逃れ、男を睨んで「覚えていろ」。その声が何と……巧さに唸《うな》る。

恐怖にはロマンも相性がいいようだ。切々と胸打つ山本周五郎「その木戸を通って」、愛の終焉《しゅうえん》の無惨が忘れがたい赤江瀑《ばく》「海贄考《うみにえこう》」。心地よく騙されるのは、岡本綺堂「木曾の旅人」、小松左京「くだんのはは」(タイトルがミソ!)。掛け軸や壺《つぼ》や人形など年経たモノが宿す無気味を、あますところなく描く筒井康隆「遠い座敷」。

半村良「簞笥《たんす》」のわけのわからなさも戦慄的だ。夜中に、自分以外の家族全員が簞笥の上に無表情で座っている。ただそれだけで直接的な脅威は何もなく、昼間はいつもどおりの家族、というのがいっそう背筋を凍らせる。

日本の怪奇小説の豊かさは世界一と言っていいのではないかしらん。

(「本が好き!」二〇〇八年八月号)

恐怖の裏の切ない片恋

『ねじの回転』（ヘンリー・ジェイムズ　蕗沢忠枝訳／新潮文庫）

中学時代、ゴシックホラーと思って読み、幽霊に迫力がなくて物足りなかった。でも心のどこかに引っかかっていたのだろう、大学生になり、プッチーニのオペラ『トゥーランドット』を見ていて、ようやく気づいた。リューという奴隷娘が登場するのだが、彼女はたった一度自分に微笑《ほほえ》みかけてくれたという理由だけで、文字通り生命を賭けて王子を愛し抜く。階級差のため結ばれる可能性は皆無だし、そもそも相手にとって自分などどうでもいい存在と承知の上でだ。これこそ『ねじの回転』のヒロインではないか！

そう思って読み直すと、なるほど切ない片恋の物語でもあった。若く貧しいガヴァネス（住み込みの家庭教師）が、魅力的な金持ちの独身男性に雇われる。田舎の館にいる彼の幼い甥《おい》と姪《めい》の世話が仕事だ。どんなめんどうがあっても全て自分で判断し、連絡もまかりならぬとの条件付きである。館には幽霊が出て子どもたちを堕落させようとしており、彼女は雇い主への秘めた愛を支えに戦うが、ついに……。

けれどどうもそれだけではない、粘《ねば》つく感じが残った。やがてヴィクトリア朝時代に対する知識が増えてゆき、3度目に読んで驚いた。面白さが格段に違う。そのくせ謎は煌《きら》めき深まるばかり。私としては、これはもうひとつ別の幼い恋物語だったと思いたい。死んだはずの少年は実は……と解釈しているわけです。

（「週刊新潮」二〇〇九年十月二十九日号）

「後半」にもチャンスはあるのだから

『モンテ＝クリスト伯（全5巻）』
（A・デュマ　新庄嘉章訳／講談社文庫）
『へんないきもの』
『またまた へんないきもの』
（早川いくを　絵・寺西晃／バジリコ）

『モンテ＝クリスト伯』は男の子の読みもの、と思ったら大間違い。中年女性にも大いなる勇気を与えてくれる優れものの小説だ。
主人公ダンテスはマルセイユの一等航海士で、陰謀に巻き込まれなければ恋人と結ばれ、幸せな家庭を築き、いずれ船長にはなれただろう。だが一転、わけもわからず逮捕され、政治犯が収容される孤島の監獄での終身刑を言い渡される。10年以上の無為の日々の後、隣の独房の老司祭とコンタクトが取れるようになって、人生は大きく動き出す。知の巨人たる司祭から、ありとあらゆる知識と教養を注ぎ込まれたからだ。ダンテスは誰がなぜ自分を陥《おとしい》れたか、ようやく推理することができた。そしてハラハラドキドキの脱獄のあと、司祭の遺産である莫大な財宝を手にし、いよいよ復讐《ふくしゅう》にとりかかる……。

つまりこれは一種の成長物語なのだ。長く苛烈《かれつ》な孤独の年月（しかしそれは内省に必要なものだった）を経て、学びに目覚め、さらに新たな世界へ飛翔する勇気を奮う。脱獄の際、ダンテスが一か八かのチャンスに賭けるシーンの、感動的なこと！

わたしたちの平凡な人生においても、なぜこんな苦しみが、と思う局面がしばしばある。中年女性であれば、もう自分の人生の先は見えてきたし、今後はひたすら下り坂だと諦めている人も少なくないのではないか。

でもいったい誰が坂の上り下りを決めるのだろう？　地獄のどん底、あるいは果てしない倦怠《けんたい》と見えるその時こそが、実は大きな転機への通路かもしれない。その苦しみに直面しなければ、その内省の時期を経験しなければ、次にステップアップできない運命なのかもしれない。であれば歯を喰いしばり、努力し続け、チャンスを待とうではないか。

人生50年時代のダンテスが脱獄したのは34歳。人生85年時代の今に換算したらほぼ

60歳！

まだまだいける。と、まあ、そんなふうに鼓舞してもらえるわけなのです。

さて次は、『へんないきもの』を読む効用について。

世界は人間のちっぽけな存在を笑いとばすような、あるいは人間の狭い思考の枠などぶち壊すような、変てこな生物に満ち満ちているということを、抱腹絶倒の文章とイラストで語ってくれる本書こそ、何度も読み返してしまう。下らぬ悩みは即、解消。

（「ＣＲＥＡ＋20」二〇一二年十二月）

天才詩人あらわる？

『ゲーテ詩集』
（ゲーテ）

思春期真っ盛りのころの、複雑な思い出――

友人のひとりが大変な美人で、山ほどラブレターをもらっていました。なぜかその恋文全てに目を通し、誰がボーイフレンドにふさわしいか判定するのがわたしの役目とあいなります。張り切って読んだはいいけれど、16の少年の書くものですから、たかが知れている。いちおう文学少女を気取っていたわたしは、かたっぱしから「ボツ」(?)にしてゆきました。でもあるとき、素晴らしい手紙にゆきあたります。

「つきあってください」とのありふれた短い一文のあと、長いロマンティックな詩が続いていたのでした。

「乙女よ、乙女よ、どんなにわたしはお前を愛していることだろう／ひばりが歌と大気を愛するように、朝の花が空の香りを愛するように／熱い血を滾《たぎ》らせ……」

すごい！　自分宛《あて》でもないのに興奮し、「天才よ！　絶対この人がいい」と彼女に勧めました。「ほんとにそれほど良い詩なの？」。彼女もだんだんその気になったので、ふたりでその手紙の主の顔をこっそり見に行きました。すると、「冴《さ》えないから嫌」。即座に彼女は言いました。

「男は外見じゃない。朔太郎以上の大詩人になるのに、もったいない」

大いに残念がるわたし。

それから半年ほどたち、恋に恋するわたしは詩ばかり読むようになっていたのですが、図書室でたまたま『ゲーテ詩集』を手にし、中の「五月の歌」を読んで、飛び上がるほどびっくりしました。「乙女よ、乙女よ、どんなにわたしは……」（訳者失念）

一字一句、同じではありませんか！（なにしろ何度も読んですっかり暗誦していたのです）

あの男の子はゲーテの詩を丸写ししただけだった、どうしてちゃんとそう書いてくれなかったのかと腹が立ち、いやいや、有名な詩だから当然こちらもわかると思っていたのかもしれない、文学少女のプライドは丸つぶれだと萎《しお》れ、しかし待てよ、ゲーテといえば紛れもない天才、少なくともわたしは天才を見分ける能力があったということではないか、わはは。突然、得意になったりして。

それにしてももし彼女がわたしの勧めに従って彼と結婚なんぞしていたら、どうやって責任をとったやら。

（「週刊朝日」二〇一一年三月十八日号）

激動の時代に翻弄されて

『シャガール』
（ジャッキー・ヴォルシュレガー　安達まみ訳／白水社）

本書は気鋭の女性美術評論家による、シャガールの本格的評伝。英国スピアズ・ブック・アワードを受賞しており、一級資料としての価値はもちろん、読みものとして実に面白い。シャガール・ファンばかりでなく、彼の絵にさほど興味ないという人にもお勧めの一冊だ。カラーを含め、図版も約２００点と充実している。

シャガールは帝政ロシアの片田舎、ユダヤ人特別強制居住地区に生まれた。二流国民と差別され、家庭は極貧、両親はほとんど読み書きできず、血族にただのひとりも社会的成功者はいない。これはアンデルセンなどにも共通し、彼らは1発の巨大な花火として、それまでの何世代にもわたる闇夜の埋め合わせをしたのだ。天才の出現というのはまこと興味の尽きないものがある。

97歳まで生きたシャガールは、激動の時代に翻弄された。ロシアがソ連となり、パリで安住のつもりがまもなくナチスによる占領、間一髪のところをニューヨークへ亡命……。共産主義ソ連の実態に気づかず、生地への郷愁から恩師へ出した手紙がその人を死に追いやるという悲劇もあったし、かつての友人がスパイとしてアメリカまで訪ねて来るなど、当時の政治状況も生々しい。

関わった多くの芸術家とのエピソードも豊富だ。とりわけピカソとの、互いに笑みを浮かべたままの嫌み合戦は血まみれの相打ちといった様相を呈し、シャガールの意外な一面を強烈に示す。また彼は――母親に溺愛された長男にありがちだが――どんな局面でも自己肯定と楽観は揺るぎない半面、女性は自分に奉仕して当然とばかり利用し尽したという。

著者はシャガール絵画の唯一無二の個性を愛しながら、後期作品についてはやや口が重い。ピカソやマティスのように、死ぬまで自己変革し続けてほしかったのかもしれない。85歳のシャガールが、破壊されたとばかり思っていたロシア時代の自作を前にこう言うとき、読むほうも切なさに胸が疼《うず》く――「わたしは優れた画家だったろう？　あのころは、信じがたいほど若かった！　これらの作品は魂で描かれている」。

（日本経済新聞二〇一三年九月二十二日）

大戦前夜の点描

『1913　20世紀の夏の季節』
（フローリアン・イリエス　山口裕之訳／河出書房新社）

1914年6月のサラエボ事件を発端に、後世、第1次世界大戦と呼ばれる未曽有の戦争が始まった。当初は誰もが「クリスマスまでに終わる」と楽観し、ハプスブルク、ロマノフ、プロイセン、オスマンの各王朝がこれを機に瓦解《がかい》すると予想し得た者はいない。まさに「昨日の世界」（ツヴァイク）の幕引きであった。

本書は、大戦前夜の「1913年」という1年間だけに焦点をしぼり、「20世紀の夏の季節」を膨大なドキュメントの集積によってあぶりだしてみせる。著名人たちがどこで何をしていたかを、淡々と月ごとに列挙するという手法で。登場するのはアインシュタイン、シャネル、ストラヴィンスキー、ヴァージニア・ウルフ、ピカソ、ヒトラー、フロイトら多士済々。興味深い逸話が満載だ。

例えば1月。トーマス・マンは自分の同性愛的傾向を批評家に見抜かれたと思い、「血が出るほど」ショックを受けた。

2月。スターリンが亡命中のトロツキーとウィーンの秘密の保たれた隠れ家で出会う。いや正確には、トロツキーがいた部屋へスターリンが入ってきて紅茶をついで出ていっただけだ。トロツキーはスターリンに良い印象をもたなかった。一方スターリンは相手が誰か気づかなかった。そして同月、スペインで1人の男児が産声をあげる。後にスターリンから命令を受け、トロツキーを暗殺するエルナンデスだ。

12月。2年前に盗まれたまま行方不明だった『モナリザ』がイタリアで見つかり、パリに帰還。「彼女はルーブルから消えたときには絵画だったのだが、戻ってきたときには神秘的存在となっていた」。同月にはかの「バベルの塔」とされた遺跡も発見されている。

著者は、特段に戦争を予感させる出来事を集めたわけではない。しかしだからこそ、昨日と全く異なる明日は突然やってくるという衝撃を、読む者に与えずにおかない。ドイツでベストセラーになったのも深く納得できる。

（共同通信配信二〇一五年二月）

王になろうとして……

『赤い大公　ハプスブルク家と東欧の20世紀』
（ティモシー・スナイダー　池田年穂訳／慶應義塾大学出版会）

ハプスブルク家の末裔《まつえい》ヴィルヘルム大公の知られざる数奇な人生。もはや絶対王制が望まれなくなった近代に、なおまだあがき続ける王族たちの姿。掛け値なしに面白い。滅びゆく者の退廃と美を描いた名監督ヴィスコンティが存命なら、映画化してほしかった。

ヴィルヘルムの家族はハプスブルク家の傍流で皇帝位には遠い。王になりたい彼はウクライナ・ハプスブルクの創設を画策する。このあたり日本人にはなかなか理解しにくいが、現実にハプスブルク家は全く無関係な他民族の領土へ神のごとく降臨し支配してきた歴史を持つ。自分勝手な理由から良さそうな国を見つけ、王になる――。その発想は彼らにとって何らとっぴなものではなかった。

大公はハプスブルク帝国陸軍将校として第1次大戦を戦った後、ウクライナで戴冠すべく奔走する。美貌で魅力にあふれ、ウクライナ語を自在に話し、みこしに担がれ慣れた王族特有のおおらかさを持ち、ウクライナ軍人の人気を集めた。風向き次第では王になる目が全くなかったわけではないが、結局は挫折する。

1920年代にパリでバイセクシュアルの遊び人として名をはせたのは、その憂さ晴らしだったのだろうか。とはいえウクライナ王の夢は捨てていなかった。30年代になるとヒトラーのナチスが援助してくれるのを期待してファシストとなり、第2次大戦の戦中戦後には一転して反ナチス・反ソビエトの立場からスパイ活動をした。これは終戦後にソ連の秘密警察の知るところとなり、ウィーンの街角で拉致され、キエフの獄舎で耐え難い尋問を受けて53年の生涯を閉じる。

時代の激流の中で次々と相貌を変えた大公の奇妙な生きざまもさることながら、読み応えがあるのは欧州史の闇の部分だ。ウクライナ建国の血まみれの経緯も詳細に語られ、現在の紛争の根深さをあらためて思い知らされる。日本が欧州、ロシアに太刀打ちするのは、容易な業《わざ》ではない。

（共同通信配信二〇一四年五月）

名門王朝一族の粘り

『ハプスブルク帝国、最後の皇太子』
（エーリッヒ・ファイグル　関口宏道監訳／朝日新聞出版）

第1次世界大戦後ハプスブルク王朝は瓦解し、皇家は財産没収の上、国外追放となる。廃位されたカール一世は亡命先で病死、帝位を継ぐはずの長男オットーはまだ9歳だった。本書はそのオットー大公の絶え間ない戦いの人生を、彼自身のインタビューを交えて辿ってゆく。

オットー大公は98年という長い人生において、ある時はヒトラーから生命を狙われ（ナチスのオーストリア侵攻計画は「オットー作戦」と命名された）、ある時は共産主義の脅威をアメリカやイギリスに説いてまわり、亡命オーストリア人に手を貸し、さらには汎ヨーロッパ連盟の会長として欧州統合への道筋を探り続けた。ベルリンの壁崩壊の一穴となった「ヨーロッパ・ピクニック計画」にも関与している。66歳からは

20年間、欧州議会議員として活動した。

本書では、こうしたオットーの行動全てが無私の精神に貫かれていたかのように描かれるが、そこは鵜呑《うの》み禁物である。なぜなら著者ファイグルは、監訳者曰《いわ》く、「熱烈なツィタ皇妃の崇拝者として知られ、ハプスブルク家再興を支持する君主主義者」であり、またオットーの長いインタビューでも肝心の点が語られていない。つまり王政復古への夢、それこそが彼の原動力であった。

少なくとも1940年代ころまではその意図を隠していないし、母ツィタや弟妹たちを含めた一族の復帰運動の猛烈さは、新時代を望む人々に大きな警戒感を抱かせた。70年代においてさえドイツのブラント首相がオットーを危険視したほどだ。

この本の面白さは、その肝心な部分を隠したまま、オットーの言い分が披瀝《ひれき》されている点にもある。帝王教育を受けた彼は、ハプスブルク再興や自らの帝位獲得がヨーロッパ安定の最善策と信じたのだろう。それは反対者の目に時代錯誤以外の何ものでもないと映ったがゆえに阻止されたわけで、650年も続いた名門王朝一族の粘りと権利意識の高さには感嘆せざるを得ない。何しろオットーがオーストリア帝位継承権及び財産請求権の放棄に泣く泣くサインしたのは、48歳になってからなのだ。

だが歴史のダイナミズムは個人の思惑をはるかに超えている。オットーの精力的な帝位復興運動は、結果的に反ナチズム、反共産主義の側を支援することになったし、行き過ぎた民族主義への反省を踏まえたゆるやかな統合、即ち現在のEU誕生に間違いなく寄与したのだった。

まさに激動の近代ヨーロッパ裏面史といえる、刺激に満ちた一冊だ。

（日本経済新聞二〇一六年五月二十九日）

ゴッホの耳を推理する

『ゴッホの耳―天才画家 最大の謎―』
（バーナデット・マーフィー　山田美明訳／早川書房）

ゴッホはその強烈な作品の魅力にとどまらず、苦悩に満ちた人生行路によっても世界中の人々を惹きつけてきた。謎も多い。病名は何だったのか、なぜ耳を切り落とし、それを娼婦にプレゼントしたのか、自殺の理由は、等々。

かつては統合失調症とされていたゴッホだが、昨今ではてんかん説が主流になってきているという。耳は当時同居していたゴーギャンがフェンシングの剣で切り落としたとの新説が一時話題になった。ロンドンでの切り裂きジャック事件の影響説まである。死因もピストルが見つかっていないので他殺説を唱える者もいる。

そうした中、著者マーフィーが追求したのはタイトルどおり「耳」だ。それもゴッホが剃刀《かみそり》で切り落としたのが耳たぶにすぎなかったのか、それともほぼ耳全部だったのかという1点。生前の関係者の証言が食い違っているため、これは未《いま》だ定説のない問題なのだ。

そんな些末《さまつ》なことと思われるかもしれない。だがそこからマーフィーは、新聞紙にくるまれた耳を贈られた女性が本当は誰だったのか、なぜ彼女でなければならなかったのか、またゴッホを町から追放しようとした人たちの真意は何だったのか、それがゴッホの精神に、ひいては創作にどんな影響を与えたかまで推理してゆく。

この分析については、今後さまざまに検証されてゆくだろう。賛否両論あるはずだ。しかしその一途《いちず》な研究者魂には敬意を表さずにおれない。イギリス人の彼女は成人してからフランスへ移住し、職を転々としながらゴッホにのめりこんでいったという。経歴はどこか謎めき、ゴッホと何らかの共通点があるのではないかと読み手は想像してしまう。

それはさておき、膨大な資料を読み込んでゴッホ時代のアルルの住人1万5000人ものデータベースを作成したマーフィーは、19世紀フランスの因習的な田舎町に、オランダからやって来た赤毛の異邦人がどんな存在だったかを浮かび上がらせる。

訳者の山田美明氏が言うように、本書の真の価値は「当時のアルルの生活や社会状況を克明に調べ、それを通じてゴッホを血の通った人間として描き出した点にあると思う」。


（日本経済新聞二〇一七年十月二十一日）

芸術を熱く語り継ぐ

『消えたベラスケス』

（ローラ・カミング　五十嵐加奈子訳／柏書房）


著者曰く、本書は巨匠の中の巨匠ベラスケスを称《たた》える書である。

その言葉どおり熱い本だ。芸術作品というものは各時代の賛美者たちが熱く語り続けることで、次代へ繫《つな》がれてゆく。ベラスケスはスペイン宮廷の奥に隠されていた時代にはゴヤが、公共美術館に展示されてからはマネが、その超絶技巧と魅力を喧伝《けんでん》してやまなかった。今またこうして美術評論家のカミングが、17世紀の寡黙な宮廷画家に迫り、すこぶるつきに面白いノンフィクションに仕上げた。

二つの流れが交差する。一つはヴィクトリア朝時代の書店主スネアの数奇な人生。安価でベラスケスの絵を手に入れた彼が真贋論争に巻き込まれ、ついには店も家族も失い、絵と駆け落ちするかのようにアメリカへ渡って貧困のうちに死ぬ。絵はその後忽然《こつぜん》と消える。カミングはスネアの足跡を辿り、絵が本物かどうか、今どこにあるか、調査にのめり込む。

もう一つの流れは、ベラスケスの人生とスペイン・ハプスブルク家の黄昏《たそがれ》だ。もちろんそれは彼の作品に色濃く反映されている。そもそもベラスケスが描き残したひ弱な王子や王女、無能王と呼ばれたフェリペ四世、血族結婚くり返しの果てに生まれたひ弱な王子や王女、宮廷に仕える小人症の慰み者たち、権力を振るう重臣らが、350年前、喜怒哀楽をもって確かに生きて呼吸していたことを我々は深く納得するのである。

カミングはベラスケスの天才性に感嘆し続ける。近くで見るとただの色の染みでしかないものが、遠目には見間違いようのないドレスの金糸になり、鬚《ひげ》になり、水滴になるのはなぜか。何より、人物の本質をどうやって抉《えぐ》りだせたのか。それは日記も手紙も残さず、全く自己を語らなかった画家その人と同じく大きなミステリだ。

これに関して本書唯一の物足りなさは、ベラスケスがコンベルソ（改宗ユダヤ人）の家系だった可能性や、傑作『キリスト磔刑図《たっけいず》』に触れていないことだろう。

とはいえ、破産しても貧窮しても絵を手放さなかったスネア、執念で追い続けるカミングを通し、芸術作品が人の魂に、ひいては人生に与える力の強靭《きょうじん》さには圧倒されずにおれない。

美術愛好家、必読。

（日本経済新聞二〇一八年三月十日）

世界のミフネの珍品映画

『三船敏郎の映画史』
（小林淳／アルファベータブックス）

二〇二〇年は三船敏郎生誕100年だという。さっそく新型コロナ閉じ籠《こも》りを利用して、小林淳著『三船敏郎の映画史』を楽しく読んだ。

三船出演作品は150本以上。そのうち私が観《み》たのは34本しかなかった。残念。それでも言いたい私の個人的三船ベスト5は、『椿三十郎』『七人の侍』『天国と地獄』『無法松の一生』『日本のいちばん長い日』です！

他に面白そうなのを探すと、シラーの『群盗』を翻案した映画もあった。この戯曲は学生時代に読んだ（読まされた？）記憶はあるものの中身はすっぽり抜け落ちているので、ちょうどよい。アマゾンでDVDを購入できた。

三船版のタイトルは『戦国群盗伝』。小林氏の本には公開時のキャッチコピーも載っており、「曠野《こうや》を駈《か》けめぐる数千騎！　剣と恋の戦国絵巻！」。期待が高まる。

富士山をバックに雄大な曠野を、確かに騎馬は駆けめぐったが、その数二十騎ほど。ま、それは製作予算が限られるので仕方がないとして、驚いたのは戦国時代の日本の野盗たちが、何かと言えば合唱すること（ドイツだねえ、ワンダーフォーゲルだねえ……）。

さらにはその野盗軍団を前に、浪人の三船が扇動政治家ばりの大演説（「男は黙って○○ビール」なのに……）。また殿様が自分の跡継ぎ息子に崖から突き落とされる（テレビの「○曜サスペンス劇場」か？）。極めつけはラスト。やはりまた富士山をバックに、ちょんまげを結った同士、友情の証しにがっちり握手（濃厚接触だ！）

なかなかの珍品映画だけれど、妙に可笑《おか》しいので興味のある方はご覧ください。

（神戸新聞夕刊二〇二〇年六月二十二日）

絵画で楽しむミステリ小説

Ⅰ．怪物サイコの象徴

『レッド・ドラゴン』（トマス・ハリス　小倉多加志訳／ハヤカワ文庫）
×
ウィリアム・ブレイク『巨大なレッド・ドラゴンと日をまとう女』

「ヨハネ黙示録」には巨大なレッド・ドラゴンと日（太陽）をまとう女についての記

ウィリアム・ブレイク
『巨大なレッド・ドラゴンと日をまとう女』
1803〜05年、水彩、44×35㎝
ブルックリン美術館（アメリカ）

述がある。女（教会の擬人説あり）が月に足をのせ、出産しようとしているところへ多頭の赤い竜が現れ、尾で天の星の3分の1をかき集めて地に投げ落とし、子（救世主）が生まれたら喰らおうと待ちうけた、というのだ。

これをもとにイギリスの詩人にして画家ウィリアム・ブレイクが水彩とチョークで描いたのが本作だ。恐怖に目を見開いた女性が金髪をふり乱し、祈るように頭上で両手を重ねる。足元に三日月、周りには星。見下ろすレッド・ドラゴンの長い尾が、彼女の下半身に容赦なく巻きつく。芸術家のイマジネーションの凄さに驚かされる。

レッド・ドラゴンは悪魔の象徴たる飛竜ではなく、有翼の竜人として描かれる。顔は見えず、3つの後頭部にはそれぞれ角を生やす。翼はコウモリめくが、背中から下半身は完全に人間の男、自らの男性性を誇示する筋骨隆々たるボディ・ビルダーのそれだ。

かくしてこのシーンは黙示録的終末観というより、美女の怯《おび》えを味わう怪物の歓《よろこ》びで満たされ、現代のサイコパスのアイコンへつながってゆく。ベストセラー作家トマス・ハリスのレクター博士シリーズ第1作『レッド・ドラゴン』である。

主人公は、かつてレクター博士を逮捕する過程で心身にダメージを受け、FBI（米連邦捜査局）を退職した異常犯罪捜査官。新たにまた連続猟奇殺人事件が起こったため、古巣へ帰る。彼に追いつめられる犯人が副主人公だ。

この男はたまたまブレイク展のポスターで本作を知る。そして「はじめてその絵を見たとき、彼は度胆をぬかれた。彼の考えをこれほどまでに絵として表わしたものは見たことがなかったからだ。なんだかブレイクが彼の耳を覗《のぞ》きこんで、まっ赤な竜を見たにちがいないという気がした」（小倉多加志訳）。

男の成育歴は陰惨で、己を醜いと思い込む一方、特別な存在と自負してもいた。これまで以上に筋肉を鎧《よろい》のように身につけ、仕上げは背中一面に彫ったレッド・ドラゴンのタトゥー。赤き竜と一体化することで、抑圧してきた衝動を解放できた。

異様な犯罪者の心理が丹念に描かれる。この種の人間はいっさい他者を理解しようとはしないが、追う側は彼を理解しなければならない。行動パターンをなぞり、彼の感じたであろうおぞましい恍惚《こうこつ》をも想像し、次の行動を予測して犯罪を阻止せねばならないのだ。

とりわけ主人公の捜査官は共鳴性が高く、犯人の眼で見るという特殊能力が備わっていた。それだけに魂に傷を負いやすい。ニーチェの言葉にあるように、怪物と戦う者は自身も怪物になりかねない。深淵を覗けば、深淵もこちらを覗く。

小説のラストで捜査官はレッド・ドラゴンを退治するが、まるで相討ちのごとく幸せな未来を取りこぼす。あまりにやるせないからだろうか、映画化作品ではいちおうハッピーエンドになっていた。

（日本経済新聞夕刊二〇一九年六月五日）

Ⅱ．顔はどこまでその人を語るか？

『時の娘』（ジョセフィン・テイ　小泉喜美子訳／ハヤカワ・ミステリ文庫）
×
逸名画家『リチャード三世像』
伝シトウ『ヘンリー七世像』

リチャード三世が王冠をかぶっていたのはわずか2年。それも500年以上も昔だ。にもかかわらずイギリス歴代の王の中で抜群の知名度を誇るのは、シェークスピアが彼を魅力的な悪の華に造形したからに他ならない。

名台詞《せりふ》の数々に酔わせられるが、とりわけ怒濤《どとう》の終盤、戦場シーンでの「馬をくれ！　馬を！　代りにこの国をやるぞ」（『リチャード三世』福田恆存訳）が強烈な印象を残す。

2013年には、前年レスターシャーの駐車場下から発掘された小柄な男の遺骨が——病で背が湾曲し、矢尻が刺さり、後頭部を割られていた——、DNA鑑定でリチャード三世と確認されたニュースが世界中に興奮の渦を巻き起こし、今なお続く人気の高さを証した。

はたしてリチャード三世はほんとうに極悪非道の王だったのか、玉座のために幼い2人の甥を殺し、外見の醜さも何のその、舌先三寸で美女を手に入れ、正義のヘンリー七世に退治されたのも自業自得だったのか……。

歴史ミステリの古典『時の娘』（イギリスの女性推理作家ジョセフィン・テイ作）

逸名画家
『リチャード三世像』
15世紀（?）、油彩、64×47㎝
国立肖像画美術館（イギリス）

はこうした疑問に真正面から挑み、込み入った歴史をわかりやすく興味深く解きほぐした上で、こう結論づける、リチャードは善王であり、歴史を嘘で塗り固めたのはヘンリー七世のほうだ、と。

小説の舞台はリチャード三世時代ではなく、現代（と言っても刊行された1951年ころ）。タイトルの「時の娘」には「時の経過とともに真理は明らかになる」といった意味合いが含まれる。

主人公グラントはスコットランドヤード（ロンドン警視庁）の警部だが、骨折して病院のベッドから動けず、退屈に苛《さいな》まれていた。すると彼の趣味をよく知る友人が、さまざまな肖像画の写真を持ってきてくれた。グラントは若いころから人

伝シトウ
『ヘンリー七世像』
1505年、油彩、43×31㎝
国立肖像画美術館（イギリス）

間の顔に興味があり、人相からたいていのことはわかると考えていたし、実際にそうやって事件をいくつも解決してきた。

次々に写真を見ていくうち、なぜか心惹《ひ》かれる男の顔を見つける。画家の力量がその男の個性を完全にはキャンバスに写し取れていないようだった。描かれている以上の何かを持つ男と感じられたのだ。グラントは写真を裏返し、名前を知って驚く。これがあの悪名高い王だというのか。いや、この顔がそうであるはずがない。そこから猛然と歴史資料漁《あさ》りと推理が始まるのだ。

グラントの直感を喚起したのが、15世紀の逸名画家による『リチャード三世像』だったという設定は実に面白い。確かにこの肖像画は、流布しているリチャード三世の性格や行動と合致するとは思えない。ついでながらもう1点、同時代の画家シトウ作と言われる『ヘンリー七世像』を見ると、この抜け目ない感じは、さすがヘンリー八世の父にしてエリザベス一世の祖父だという気がしてくる。

肖像画そのものが「真実」かどうかという問題は別として、『時の娘』のミステリ風味の謎解きにはわくわくさせられるし、「歴史は勝者が作る」好例としても実に説得力があった。ところが不思議なことに、私的読後感としては、リチャード三世はやはりシェークスピアの描いた悪党であってほしいな、というものだった！

（同六月十二日）

Ⅲ．壮大な地獄の見取り図

『インフェルノ』
（ダン・ブラウン　越前敏弥訳／角川文庫）
×
サンドロ・ボッティチェリ『地獄の見取り図』

世界的ベストセラー作家ダン・ブラウンの『インフェルノ（＝地獄）』は、アメリカの宗教象徴学教授ラングドンを主人公にしたサスペンス・シリーズ、第4弾。マンネリに陥らず、魅力的な謎、どんでん返しに次ぐどんでん返し、いかにもありそうな秘密結社の暗躍、さらには美術の蘊蓄《うんちく》や観光名所案内まで、実に盛りだくさんで楽しめる。毎回、さまざまな美女と逃げまわるお約束事も外さない。本作ではフィレンツェからヴェネチアを経てイスタンブールまでのツアー（？）だ。

開幕、ラングドンは病院のベッドで目覚める。何者かに頭部を銃で撃たれ、助かったのは奇跡だという。だがなぜ自分がイタリアにいるのか、なぜ命を狙われたのか、全く記憶がなかった。医者の説明に当惑したその最中、全身黒ずくめの女が病室へ向かってきて、ピストルを取り出すではないか。気づいて阻止しようとした医者はその場で撃たれ、倒れる。

なんたる展開の速さ！

ハリウッドが映画化し、これまた大ヒットしたのも頷《うなず》けよう。ただし原作によればラングドンはハリソン・フォード似のはずなのに、演じたのはトム・ハンクス……いかがなものか。

それはともかく、病室のラングドンは別の医者（それが今回のヒロイン）の助けを借りて何とかその場を逃れる。頭を手術したばかりでそんなに走り続けて大丈夫か、という当然の疑問は後でちゃんと論理的に解消されるので心配無用だ。

謎を解くキーとなる絵画は、ルネサンスの画家サンドロ・ボッティチェリによる『地獄の見取り図』。一見、巨大なワイングラスに見えなくもないが、これはダンテ作『神曲　地獄篇《へん》』で語られている、すり鉢状の地獄を視覚化したものだ。

ダン・ブラウンはラングドンの口を借り、ボッティチェリ作品をこう評している――「この地図こそ、ダンテの描いた地獄を最も正確にまるごと再現」「陰鬱で、残

サンドロ・ボッティチェリ
『地獄の見取り図』
1480〜90年、インク、33×48㎝
ヴァチカン図書館（ヴァチカン市国）

酷で、身の毛がよだつ」（越前敏弥訳）。

　ダンテによれば、地獄は地中に9層を形成し、重罪人ほど下へ押し込められ、罰も苛烈になる。

　第1層は洗礼を受けなかった罪、第2層は邪淫、以下、大食、貪欲、憤怒、異端、暴力（殺人や同性愛も含む）、邪悪（阿《あ》諛追従《ゆついしょう》を含む）、そして最大最悪の第9層、殺人より重い罪は、なんと裏切りだそうだ。浮気より大食、殺人より阿諛追従のほうが罪深いなど、現代とはずいぶん価値観が違う。

　白い裸の亡者らは、各層ごとに突風に吹き飛ばされたり、糞尿《ふんにょう》の海に漬けられたり、石棺で丸焼きになったり、氷の世界で悪魔に喰われたりしている。

残念ながら絵はあまりに小型（30×50センチ）ゆえ、肉眼では亡者が豆粒にしか見えない。だが幸いにも現代人はパソコンの優秀な拡大機能を使えるので、画家がどれほどの執念で地獄の責め苦を描写したかを確かめられる（ラングドンも同じようにして、絵に隠された暗号を見つけた）。

『インフェルノ』の主要テーマは、現代の人口爆発問題だ。中世末期にも人口過剰で社会の発展は停滞したが、皮肉にもペストの流行がそれをドラスティックに解決した。つまりルネサンス勃興のきっかけはペストだった、というのが定説になりつつある。ならば、と考えるマッド・サイエンティストが登場してもおかしくはない。先は読んでのお楽しみ。

（同六月十九日）

阿修羅と美

『阿修羅のごとく』
（向田邦子　原作／文春文庫）

向田邦子のシナリオ作品に、『阿修羅のごとく』がある。傍目には幸せな家庭を営んでいるように見えながら、夫は妻を裏切り、妻は気づかぬふりをして心に鬼を飼い、睦まじいはずの姉妹も互いに屈託を抱え、妬み、嫉《そね》み、笑顔の陰で傷つけあう……。

平凡という表層の下にひそむ凄まじい闘争と、そんな情けない生き方をせざるをえない人間という哀しい存在への共感を描いて、強烈な読後感を残す一冊だ。ある回のラストの台詞は、「女は阿修羅だよ。男は勝ち目がない」。この時、阿修羅とは何かが会話でさらりと説明されるのだが、それによれば――

「三面六臂《さんめんろっぴ》を有する、インドの民間信仰上の悪神。うわべは仁義礼智信を示しつつ、内実は猜疑心強く、事実を捻じ曲げ、悪口を言う、怒りと争いのシンボル」。

まさに登場人物たちの姿そのものだ。

ところがそんな阿修羅のイメージを、どうやって興福寺の阿修羅像に重ねればいいのだろう？

少年の持つ清潔さを体現したように美しいこの仏像からは、どろどろした欲望や陰険な怒りを感じるのはとても無理である。一心に思いつめた表情からも、うわべを取り繕って内面を隠しているとは信じがたく、むしろ心の嵐が顔に表れようとするのを、こらえているかに見える。ひそめた眉がそう見せる。

とにかくこの眉の表現が出色なのだ。試しにこれを釈迦のような完璧なアーチ型に描き変えてみると、たちまち魅力が半減するのがわかる。何かをじっと耐えるという、そこはかとないエロスが消失するためかもしれない。

ではやはり興福寺の阿修羅は、仏法の守護者となった後の、要するに善神へ変貌してからの姿なのだろうか？　それではちょっぴりつまらない気もする。

ここからは、仏教についても仏像についても素人の勝手な想像だが――

阿修羅は帝釈天に何度も何度も戦を挑み（その激戦の地を「修羅場」と呼ぶ）、常に負けたという。つまり天上界の王と戦うことを運命づけられた阿修羅は、必ず負けることまでも運命づけられていた。この悲運が、滅びの美学に敏感な日本人の心の琴線に触れたのではないだろうか。

ぱっとしない風采だったという義経を白面の美青年に生まれ変わらせたように、我々日本人は、全戦全敗の阿修羅のことも、神秘の美少年であれかしと願うのかもしれない。

（「ミセス」二〇〇九年六月号）

わたしの始まりの一冊

『名画で読み解く　ハプスブルク家　12の物語』
（中野京子／光文社新書）

大学で語学や西洋文化史を教えながら、翻訳書やオペラの本などを出してきた。ほとんど初版止まりで、自分の出す本は売れないものと思い、特に痛痒《つうよう》も感じていなかったところ、初めて関わった某出版社の編集者さんから「全然売れないじゃないか。どうしてくれる」と怒りの電話をもらい、目が覚めた。

それまでの私は全くプロ意識がなかったのだ。いくら読者層の薄いジャンルの本であれ、世に出した以上は出版社の迷惑にならないよう、しっかり版を重ねる作品にしなければいけないと、遅まきながら猛省した（同時に、かなりトラウマになって、この編集者さんとのご縁はこれにて終了）。以降は、たくさん売れますように、と心の中で神仏に祈るのも忘れない。

しばらくして『怖い絵』を書き下ろし、疲れをとりに沖縄へ遊びに行く。那覇市で猛烈な俄雨《にわかあめ》に遭遇したと思うとたちまち空が青く明け、大きな美しい虹がかかったではないか。あ、『怖い絵』は売れるな、となぜか（神がかっていたので？）確信した。

確信どおり、順調に売り上げをのばし、多くの新聞、雑誌、テレビに取りあげてもらった。そんな中、光文社新書の若い女性編集者Yさんから連絡があり、新作を依頼された。以前からハプスブルク家に関心があったので、主要絵画（主に肖像画）12枚を基軸に、600年以上続いた大王朝の光芒《こうぼう》を駆け足ながら辿《たど》ってゆくことにした。

タイトルは二転三転の末、『名画で読み解く　ハプスブルク家 12の物語』と決まる。刊行は『怖い絵』からおよそ1年後の2008年夏だった。このころになると『怖い絵』に対して、タイトルで売れただけだ、との批判も耳にし、すっかり自信喪失中。

小説では新人賞を取るより次回作をヒットさせるほうが難しいと言われるし、このハプスブルク本が読者に受け入れられなければ、私もこれまでだなあ、と心配は募るばかり。虹も見えず……。

そこで、いよいよ書店に並ぶという前日、Yさんをランチにお誘いし、「もし全然売れなくて迷惑かけたら本当にごめんなさい、先に謝っておきますね」と言った。すると彼女は「えっ！」と声に出して驚き、私同様、猛烈に不安になったらしい。ランチタイムはどんよりしてしまう。

迎えた翌日。彼女からこんなメールがきた、「売れてます、ものすごく売れてます！」

あとで聞いたところでは、心配で心配でいくつもの書店を自分の足でまわってチェックしてくれたのだという。なんとありがたい。その日のうちに重版が決まり、2刷が印刷し終える前に、もう3刷が決まった。

そんなわけで私にとっては『怖い絵』よりむしろ『ハプスブルク家 12の物語』こそが「始まりの一冊」だ。この本を出したことで、いちおうプロの物書きとしてやってゆく自信がつき、大学を辞める決心もついたのだから。

その後『怖い絵』（角川文庫）と同様、『名画で読み解く　王家12の物語』（光文社新書）もシリーズ化し、ブルボン、ロマノフ、イギリス王家と刊行し、幸いどれもロングセラーになっている。そしてもちろん今も私の第一の願いは、担当者さんに喜んでもらう事。

（読売新聞二〇二〇年七月十九日）

おわりに

本書は、これまで新聞や雑誌に寄稿した長短さまざまなエッセーを（全てではありませんが）集めたものです。

依頼される原稿の多くは絵画作品に関したものなので、それを第一章にまとめました。要所、要所に名画も入れたのでお楽しみください。また箸休め（？）として、ところどころに絵とは関係のない短いエッセーも挿入しています。

第二章は日本経済新聞で半年にわたって連載した、身辺雑記を主とした随筆を取り上げました。この連載はけっこう大変でした。なにしろ他はどれも月一ペースなのに、これは週に一度。あっという間に締め切りがやって来るし、時期がちょうど「怖い絵」展と重なってしまったからです。おまけに私は平凡な日常生活を送っており、なんらドラマティックな出来事など起こらないのですもの（まあ、それが凡人の幸せではありますが）。そんなわけで題材さがしには難儀し、高校時代の美貌の友のことや、揺れる飛行機で騒ぐ紳士のことなどを思い出したりして、何とか書きあげました。クスッと笑っていただけたら嬉しいです。

第三章は書評など、本について書いたものをまとめました。そして最後に自著と、それにまつわる虹とトラウマと喜びについて。

それにしても、いつの間にやらずいぶんいろんな媒体にたくさん書いてきたのだなあ、と我ながら驚くばかりです。掲載されたものは切り取ってバインダーに入れていましたが、年月順にも種類別にもしていなかったので、担当の坪田朋子さんにはそうとうお手間をかけてしまいました。丁寧に読みこみ、且つ取捨選択のうえ整理して章立てまで、手際よく編集してくださり、感謝でいっぱいです。

どうぞこの小さな本が多くの方に届きますように。

中野京子

本書は、各エッセーの初出に加筆・修正した文庫オリジナルです。

デザイン　木村弥世
DTP制作　エヴリ・シンク
写真提供　ユニフォトプレス

文春文庫

そして、すべては迷宮《めいきゅう》へ

定価はカバーに表示してあります

2021年3月10日　第1刷

著　者　中《なか》野《の》京《きよう》子《こ》

発行者　花田朋子
発行所　株式会社 文藝春秋

東京都千代田区紀尾井町 3-23　〒102-8008
TEL　03・3265・1211㈹
文藝春秋ホームページ　http://www.bunshun.co.jp

落丁、乱丁本は、お手数ですが小社製作部宛お送り下さい。送料小社負担でお取替致します。

印刷製本・凸版印刷

Printed in Japan
ISBN978-4-16-791666-4